靠死亡遊戲混飯吃。

「1」

鵜飼有志

插畫—ねこめたる

Kadokawa Fantastic Novels

U0045747

玩家名稱

幽鬼（YUKI）

年齡

十七歲

生日

四月十八日

喜歡的東西

超商賣的冰品

討厭的事

在太陽出現的時段起床

興趣

夜間散步

特長

察覺從背後接近的動靜

職業

死亡遊戲玩家、學生

擅長武器

刀劍或鈍器等，
能直接拿在手上攻擊對方的東西

負傷位置

右眼虹膜（不影響視力）

「遊戲」破關次數

二十七次

「遊戲」總擊殺人數

數不完

GHOST HOUSE
「如果可以平安回去，我才不要什麼錢。」
桃乃
Momono
紅野
Beniya
「那個，也就是說……我們的身體都被改造過了嗎？」

「每個人要刺兩次，一定要刺得夠深，超過刀身的一半。位置呢，當然最好是要害了。」
萌黃
Moegi
「我受夠了。真的不想再跟這種遊戲扯上關係了。」
藍里
Airi

●REC
靠死亡遊戲混飯吃。
鵜飼有志
插畫—ねこめたる
1
20:22:11:25
Kadokawa Fantastic Novels

CONTENTS

故事發生在某個瘋狂的世界。

1. GHOST HOUSE（第28次）

（0／23）

幽鬼在陌生的床上醒來。

（1／23）

床大得似乎至少能睡五個人。

附有天篷，周圍能拉起布幕，完全是養在深閨的大小姐會用的豪華床組，普通人多半一輩子都沒機會接觸。

幽鬼也從來沒見過這張床。

因此，這表示幽鬼並不屬於上流階級。她精神飽滿地醒來，坐起身子。被子沒蓋在身上，而是墊在底下。人是斜睡，頭不在枕頭上。綜合起來，這狀況並不適合以「被人安置」來表示，只能說是躺在這裡，或者更糟，在這裡摔暈了。

服裝，當然不會是睡衣。

說白了就是所謂的女僕裝。

「……喔喔……」

她看著自己的樣子，發出那樣的聲音。

竟然是女僕裝，黑白分明，極富魅力的那種服裝。雖然熱潮退去已久，深度愛好者仍遍布全國。如果有人覺得描寫不夠，那就再加一句，那是在連身裙外加上滾邊圍裙的衣服。裙子有非常長與短裙兩種，幽鬼穿的是長裙的古典款式。

古典的幽鬼下了床。

房間和豪華床組同樣豪華。

幽鬼出身低，再怎麼樣也拿不出有教養的字眼來描述有多豪華。如果需要加句話來意思一下，那就是很高雅的房間。天花板高得不知怎麼打掃，縱長和橫寬也十分誇張。雖然家具與其成反比，極端地少，但每一樣的存在感都有西洋棋的皇后那麼強。幽鬼之所以用這種比喻，是因為房間地板正是由黑白方格拼成。恰似棋盤的黑與白。

黑白的不只是地板。從高高的天花板、四面牆到床組等家具，甚至幽鬼身上穿的古典女僕裝，房裡的一切盡是如此，非黑即白。幽鬼的膚色是唯一的例外，不過她也是色白如玉的那種。

這就是這樣的房間。

幽鬼對於這房裡的任何一切，都沒有任何印象。

如果是在那張床上「睡著了」，應該會有躺上去的過程，但是卻想不起來。別說怎麼上床的了，連進房、換上女僕裝的記憶都沒有。醒來就在陌生的房間裡，穿著陌生的衣服，躺在陌生的床上。

一般是如何稱呼這樣的狀況呢。

四壁無窗，不是位在地下，就是不接外牆，可是有扇門。幽鬼花了一段時間——僅僅是移動到房間邊緣，就需要一段時間——走到門口檢視幾眼，抓住門把。

門把毫無抵抗地轉動。

門後，是走廊。

幽鬼慢慢地往外探頭。

走廊與房間同樣豪華且黑白。

視線所及之處全是豪華且黑白，延續到遙遠的另一端。

接著幽鬼讓門在保持敞開的情況下，慢慢離開房間。

走得小心翼翼，不發出腳步聲。走廊同樣沒窗，兩側是一扇扇等距排列的門。其中幾扇和幽鬼做的一樣敞開著，而她明白那大概是什麼意思。

既然沒有窗口，想進一步了解自身狀況就只能開門看看了。於是幽鬼決定，要開就開最大的。在大部分時候，這都是正確答案。最大的門位在走廊盡頭，幽鬼像個橫越地雷區的士兵，極其慎重地走過去。

終於到了。

扭動門把，入內。

裡面是餐廳，有五個女僕。

（2／23）

餐廳照例是一片黑白。

房間中央有張桌子，且不是普通地大，一個人搬不動。椅子共六把，兩側各三把。桌上鋪了潔白的桌巾，還有盛放甜點的大盤。種種條件綜合下來，這裡肯定是餐廳。

六把椅子中，五把有人坐。

五個都是女僕。

都是女生——這樣說可能太武斷，但在幽鬼眼中就是如此。就外觀推斷，年齡上至大學，下至中學。全是處在能以女孩、少女概括，轉瞬即逝的年紀。

話說，有部分狂熱愛好者認為所謂的女僕，內在比外在更重要。無論如何都能處變不驚，神色自若地迅速解決問題才是侍傭之美。若以此標準給這五人打分數，全都是不及格吧。脫俗的女僕，這裡一個也沒有。有的坐立不安，有的左右警戒，有的把椅背靠得嘎吱作響，有的低頭像在啜泣。雖然還有一個撫背安慰前一個，可是她的表情也算不上從容。

全都不是真正的女僕。

只是穿上女僕裝的人。

五人的視線自然而然集中在新出現的第六名女僕身上。幽鬼無懼於她們的目光，直接走到桌邊，拉起第六把椅子，把她完全配不上那高格調的屁股放上去，然後說：

「大家好，我是幽鬼。幸會。」

一陣沉默。

等了又等，才有人回答：「……幸會。」

「看樣子，我是最後一個吧。」

「應該是。」

剛應聲的女孩又回答了，幽鬼便鎖定了她。「妳們是一開始就在這裡嗎？」

「不是。大家都是在寢室醒來，自然而然就來到這裡……」

「有等很久嗎？」

「不會很久。大概十幾二十分鐘吧。」

「對不起。我好像是睡得比較深的體質，『每次』都比較晚到。」

「……妳還滿冷靜的嘛。」

視線中含有戒心。

「在這種地方也一點都不緊張的樣子。」

「啊，嗯，因為……」

幽鬼小心地挑選言詞。

「我不是第一次嘛。」

接著又說：

「至於妳們，大概都是第一次吧。」

（3／23）

該從哪開始說起呢。

仔細想想，這樣的機會倒是第一次。這使得幽鬼心裡產生不同於其他五個女孩的無措。

「呃……我想先了解狀況外的人有幾個。不知道自己為什麼在這裡的人……那個，手舉起來。」

幽鬼先帶頭舉手。應該沒有人不知道手怎麼舉，所以這不是示範，只是讓人容易舉手的心理伎倆。

除幽鬼外，有兩人舉手了。

「那知道遊戲的事，第一次參加的呢？」

其餘三人中，有兩人舉手。

唯一沒舉手的說：

「我是第二次。妳經驗應該很豐富吧。」

「嗯，是比較多……多很多。」

「那就看妳的了。」

這可不是什麼好事。幽鬼謹慎地說：

「……總之，妳們或許已經聽說過了……這個地方很危險，每個角落都可能有陷阱。」

啜泣的女僕肩膀抖了一下。

「陷阱可不是夾手指口香糖或坐下有放屁聲那麼簡單，是會有生命危險的。已經有人受傷了嗎？」

「沒有的樣子。」

「那就好。接下來，請盡量不要到處亂跑。對於第一次的人來說，像這樣在餐廳集合已經是一件危險的事。能夠全部都在就很不錯了。」

「也就是說——」

似乎有人對這模糊不清的解釋不耐煩了，問道：

「把這當成『逃脫遊戲』就行了吧？」

「是，請這樣想。」

幽鬼發現自己不知不覺用起了敬語。這是為什麼呢。或許是面對群眾時，自然會用起敬語。幽鬼接著說：

「要小心避開死亡陷阱，尋找出口。這就是這樣的遊戲。」

「逃脫……也就是不逃不行吧？」

又有人問。幽鬼答「是」後解釋：

「不逃出去，就無法回到原來的生活，也沒有獎金。時間限制的部分，既然目前都沒看到，大可當作『沒有』。可是食物飲水並非無限，所以實際上還是有時間限制。」

「……那個……那個！」

啜泣的女僕問：

「妳們說的都是真的嗎？」

「我也很不願意，但都是真的。」

「怎麼可能真的有這種事！」

叫得好大聲。

「因為這實在、這實在……」

「我對這部分也有問題。」

拍她背的女僕接著問：

「我知道這是賭命來賺大錢的遊戲，可是，這背後到底是什麼東西？某個大富翁不可告人的興趣？還是某種生意？」

「這我不清楚。」

幽鬼搖頭說：

「但我知道，這裡到處都有攝影機，有『觀眾』透過監視畫面看著我們。大概也有在賭我們之中的誰能活下來吧。因為每個人，那個……獎金不一樣。」

「怎樣的人會比較多？」

「長得可愛的明顯比較多。」

「……現實真殘酷。」

一陣與先前不同的沉默。

「各位，總之活得愈久，賺得就愈多。」

幽鬼想讓氣氛輕鬆一點，可是失敗了。

「從這裡看不見外面的反應吧？」

「對。」

「不是雙向的啊……不知道有沒有打賞之類的……」

一個女僕開始思考，另一個說：「原來真的有這種事。」

「就某方面來說還滿常聽說的，沒想到真的存在。」

幽鬼也這麼想。

但也覺得這種事沒那麼超現實，畢竟人類歷史上曾有過拿斷頭台當娛樂的年代，也有過將奴隸與猛獸廝殺視為遊戲的年代。這年頭賺黑心錢反而被當作「力爭上游」的價值觀掛帥，倫理道德只能餵狗，「這種東西」說不定就是條件足夠而誕生的。雖然現在還是「地下」，再過個三十年，說不定就能明目張膽地辦了，這樣想會太誇張嗎？會是在這行混了太久，產生了偏見嗎？

先不說未來了，有就是有。

這可是千真萬確，會死人的遊戲。

「或許不要先知道比較好，不過我還是想問。」同一個女孩又問：「存活率大概多少。」

「啊，這倒是沒關係。雖然還是有參加者幾乎死光的時候……不過大概有七成左右。」

「那是所有玩家的平均值吧。」

據說是「第二次」的女僕插嘴。

「那新手呢？就妳來看，我們能活著回去的機率有多少？」

「……」說到痛處了。幽鬼回答：「如果是第一次參加，當然是低於七成。可是請——」

幽鬼心想要儘快改掉敬語，刻意咳個兩聲說：

「可是不用太擔心，我的遊戲態度是助人為先。會盡量幫助妳們，找出讓最多人活著回去的方法。」

（4／23）

「助人？」有人問道。

「在這個遊戲裡，對待其他玩家的態度大致分為三種……」說到一半，幽鬼突發靈感，想把解釋改成出題的形式。「妳們知道是哪三種嗎？」

「為了存活下來而『利用』他人。」

「嗯。」

「保持『冷漠』，盡可能減少與他人牽扯，單獨過關。」

「嗯。」

「最後一個……就是為了活下來而『幫助』他人嗎？」

第二次參加的女孩投來懷疑的眼光。

「可是，為什麼要做這種事？妳願意幫助我們，我當然是很感激，可是這樣對妳有什麼好處？」

「長遠來看，這樣存活率最高嘛。在這裡製造人情，說不定會在以後的某場遊戲裡為我帶來好處。」

「以後？有多少人有以後還不知道吧？」

「無所謂。只要不損害自己的權益，幫人總比見死不救好。」

這是真心話。

但是對幽鬼的懷疑眼光仍未消失。「當然，這只是我的想法。」她補充道：「還是小心一點比較好。說不定我只是在裝好人，其實心裡黑得很，等著拿妳們擋子彈什麼的。這部分只能給妳們自己判斷了。」

幽鬼一邊說，一邊往桌上的大盤伸手。盤裡有巧克力、餅乾、瑪芬、馬卡龍，以及各式各樣叫不出名字的甜點。它們照例是非黑即白，不是刺激食慾的色彩。然而甜點就是甜點，幽鬼不會有不想吃的時候。她撕開包裝，咬一口暗色瑪芬。

「那真的可以吃嗎？」

女僕們都是不敢置信的眼神。「嗯，好吃喔。」幽鬼回答。「除非是那樣的遊戲，基本上食物不會下毒。因為在遊戲裡，飢餓也是必須克服的難關之一。即使在這種玩弄人命的遊戲裡，這條線還是畫得很清楚。」

看起來，甜點還沒人動過。畢竟這不是能放心進食的狀況，況且在死亡遊戲的觀點下，這些甜點的確非常可疑，不敢輕舉妄動也是理所當然。

聽了幽鬼的話，一名女僕戰戰兢兢地伸出手。

但那隻手卻在拿起甜點前停住了。

那名女僕看向幽鬼說：「……『這種事』，就是需要小心的事吧？」

幽鬼笑道：「沒錯，說不定有分辨安全食物的方法，可是我沒說。」

事實上並沒有這種事，幽鬼就只是想吃而拿起瑪芬。設置於遊戲舞台內的飲食，可說是聖地。沒有公告說飲食上大可放心，就只是不成文的規則。即使在這種視人權為草芥的遊戲裡，還是有一定的守則。不然吸引不了人掏錢，也不會產生幽鬼這種重度玩家。

然而，對於不知實情的其他五人而言，只能繼續對這些甜點保持戒心。換言之，幽鬼可以一人獨享。又往瑪芬咬一口，表情是那麼地愉悅——

這時有隻手正面伸來，搶走了她吃到一半的瑪芬。

「咦！」

往前一看，是剛剛的女僕。「妳是這個意思吧？」她說。

「呃，那個，不是啦。」

對方沒回答。第三口被她吃了。「啊啊！」幽鬼叫出聲來。

幽鬼收拾好心情，又往大盤伸手，而她這才發現自己犯下大錯。這次連袋子都還沒開，就有另一個女僕從旁伸手過來，手還碰在了一起。白色瑪卡龍被搶走了，同樣的事還重複了三次。最後幽鬼唯一得到的資訊，是在這當中沒一個的手比她的更冰。

（5／23）

「那……那麼，差不多可以讓我認識一下妳們了吧？」

肚子填飽了。眾人磨耗得比幽鬼想像中更重，從那之後又數度搶走她挑的甜點，大口吃掉。由於搶得太凶，最後幽鬼乾脆閉上眼睛，光憑手指的感觸來猜碰到了誰的手。到這時候，她才想到名字還沒問，所以冒出了這句話。

「我自己先起頭。」幽鬼在五人的注視下說道：「我叫幽鬼，這次是第二十八次玩這種遊戲。既然經驗比各位多了一點，我希望能夠幫助大家逃出去。」

「妳玩了這麼多次啊？」

某人問。大概所有人都是這麼想。

「二十八次，那妳賺了不少吧。要做什麼？」

「呃……我想要的不是錢。」幽鬼有些害羞地說：「我是想締造連勝紀錄，目標是——九十九次。」

「咦……在這種遊戲裡？」

「對……嗯。」

「連勝？輸了就是死沒錯吧？」

「嗯。」

「存活率七成沒錯吧？那九十九連勝的話——」

「不要算，我會怕。」

「這是為了什麼……？」

「因為我覺得我很擅長。」幽鬼被問過很多次了，所以答得很快。「人類總是會想拿擅長的事來比嘛。對我來說就是這件事。」

所有人都靜了下來。

投向幽鬼的視線，又恢復了戒心。搞砸了嗎，說不定含糊帶過比較好。

「呃，那個……」

沉默下去也不是辦法，幽鬼開口問：「那麼，換下一個。」

幽鬼往對面的女僕打手勢。那是第一個搶她甜點的女孩。

「我叫金子。」

金色雙馬尾令人印象深刻。在只有黑白兩色的房間裡，顯得更為耀眼。這世上動不動就會有幾個瘦得會讓人擔心的女生，金子就是其中之一。脖子細得好像不小心一點就會碰斷，手指也不只是皮包骨，甚至懷疑連骨頭都沒有。即使穿上女僕裝這種象徵寬鬆的服裝，也能看出她的瘦弱。由於是六人之中最瘦小，自然會覺得她年紀最輕，不過神情卻相對正經，再加上「剛才的事」，幽鬼認為她比較有自主思考並行動的能力。

「我是第一次參加遊戲，為了還債。」

「還債？」

幽鬼歪起了頭，因為欠債的女孩子很少見。「看不出來耶。」

「不是我欠的，爸媽搞出來的。」

「……這種事不是不能算到小孩頭上嗎？」

「是這樣沒錯，不過我想跟人家借錢就是要還才對。」

幽鬼不說話了。

既然都這樣說了，她也無言以對。她就是「這種人」——況且她也沒立場說三道四——為了幾個錢參加賭命遊戲的人，都有某種「缺陷」。例如缺乏對死亡的恐懼感、不懂得計算得失，金子的缺陷則是高得能算上缺點的責任感。

金子往右看，右側坐的是那個哭得唏哩嘩啦的女僕。也許是認為她不是能說話的狀況，便對右前方的女僕打手勢，並說：「下一位請說。」

那是「第二次」的女僕。「我叫黑糖。」她報出名稱的態度比金子更放鬆。

「我是第二次參加遊戲，但上一次已經是兩年前的事了，所以可以算是沒有經驗。目的呢，就是，想要生活費。」

有種生活見不得光的氣質。

就是專寫低俗報導的週刊記者，或是什麼東西都弄得到的看守所販子那樣，光明世界居民不會有的氛圍。但是，她的長相照例是十分甜美。感覺在散發地下氣質的同時，又有一些些強迫自己當不良少女的可愛。

遊戲畢竟是表演性質，找來的女孩子都有一定的美色。能夠輕易接近美少女，是這遊戲少數的魅力之一。但接近歸接近，感情能持續多久就不知道了。

「生活費？也就是說並沒什麼緊急的事逼著妳要去賺這筆錢的意思嗎？」金子問道。

「對，是沒錯。可是沒有錢也是滿緊急的啦。不至於去借錢就是了。」

「不能直接去工作嗎？」

「我覺得那很蠢。」黑糖聳肩回答：「工作領時薪，說穿了一樣是拿命來換錢嘛。那不如這樣賺還比較快一點。是吧，幽鬼？」

話鋒轉到幽鬼這來了。「不知道耶。」先陪個苦笑。

「好，下一位。」

黑糖交出發言權，並補充：「能說話嗎？」

會這麼說，是因為她的手是往那個啜泣女僕比。以一個被逼著參加死亡遊戲的人而言，這樣的反應才正常。但是對幽鬼來說，這反而新鮮。因為她算得上是最享受這遊戲的人。

啜泣女僕以尖得刺耳的聲音回答：

「我是桃乃……我不一樣，我是被騙的……」

「被騙的？」

「她說過她不是自願參加。」

補述的是金子。

「聽說有輕鬆賺錢的打工，跟過去以後被人迷暈，醒來就在這裡了。就是這樣亂七八糟的事。」

「啊……」

除了「啊……」以外，幽鬼說不出話。

被官方找進遊戲的人——所謂的發掘組很少見。只會發生在遊戲人數不足，或是發現高檔貨色等，會讓官方想主動接洽的情況，時而有之。

幽鬼斷定桃乃是屬於後者，因為這個女孩子就是這麼驚人。首先頭髮是粉紅色，聲音又高得令人會擔心她的聲帶。儘管臉哭花了，看不太清楚長相，但多半是六人中最漂亮的一個。最值得一提的，就是她撩人的身材了。女僕裝本來是遮蔽身體曲線的服裝，可是一般常識對這位名叫桃乃的女孩並不管用。全身這裡緊那裡繃，感覺就是刻意給她穿上小一號的衣服。而最大的不同，是只有她一個是小短裙。就幽鬼看來，她最性感的部分就屬裙襬下的大腿了。或許是戒心使然，桃乃的椅子離桌面比其他人遠很多，所以從幽鬼的位置能勉強看見大腿。紮實肥美，足以支撐她豐滿上半身的風格。荷葉邊小短裙與白色膝上襪中間那塊膚色，在這黑白的世界裡燦爛無比。幽鬼當場就好想摸摸看。會不會是因為大腿很騷才叫桃乃呢，真相只有她自己才知道了。總之她就是個各方面條件都很討好男性，肯定很受歡迎的女孩。（註：日文的「桃」和「腿」的發音相同。）

「如果可以平安回去，我才不要什麼錢。」

桃乃就此沉默不語，自然也沒指定下一名自我介紹者，不過她右邊一直安慰她的女僕主動說話了：

「我是紅野。第一次參加，只有在事前有聽過一點介紹。參加的原因和金子一樣，是為了還債。」

她人如其名，有頭紅色短髮。長相與其他女僕一樣姣好，但方向略有不同。用比較粗淺的方式來說，就是王子型，女生都愛的那種。個子很高，當男性看也不奇怪，手腳也比其他女僕纖長，與桃乃正好相反，六人中氣場最強。然而精神方面似乎沒有外表那麼堅強，已經是被遊戲壓倒的表情。安慰桃乃說不定是因為想藉由照顧更害怕的人，讓自己好過一點。

「我的就真的是自己的負債了。」

負債，一般不太會這樣說。「妳有在作生意嗎？」

「就是這樣，因為有一點需要。」

見她不太想明說的樣子，幽鬼便不再追問。

接著紅野請坐她對面的女僕——最後一人發言。「我是……」聲音小得只能勉強知道她在說話。

「咦，什麼？」幽鬼重新問道。

「我是，青井。」

她很努力加大音量了吧，但還是很小聲。

「這是我，第一次，參加這種遊戲。」

怎麼看都是個非常內向的女孩。

亂糟糟的藍色頭髮，惶恐的表情。明顯駝背，視線在桌面與女僕間匆忙來回。

話說，幽鬼還真的不記得她之前說過任何話，大概是害怕與陌生人對話。

「目的呢，那個……沒什麼特別的。」

青井就只有這樣講，不曉得具體上究竟是為了什麼。看起來，感覺和幽鬼一樣，社會適應能力嚴重不足，不走偏路賺不了錢，所以才漸漸走上玩家之路。

所有人都自我介紹過後，幽鬼再度環視眾女僕，說聲「好」做個段落。

「希望這段時間我們能好好相處，請多指教。一起想辦法讓多一點人活著過關吧。」

五名女僕各自應話。「請多指教。」「請多指教。」「以後請多多指教。」聲音混在一起。

「可是這個過關，是怎麼個過法？」黑糖問。

「畢竟是逃脫遊戲。」幽鬼回答：「當然只能從探索開始。」

（6／23）

不賭命的「密室逃脫」遊戲，玩過的人想必不少。

顧名思義，遊戲主旨即是逃出特定空間。出口總是神祕地上了鎖，鑰匙莫名其妙鎖在保險櫃裡，密碼則不知道在想什麼，藏在床底下、櫥櫃後面或天花板附近的角落。玩家要到處搜尋，把線索一一找出來。而且某些時候還不只是找，要解機關或謎題。

但以現在這遊戲來說——以幽鬼的經驗來說——並不會有太複雜的謎題。這遊戲終究是一場秀，是節目，破解謎題並不是重點。大多時候，甚至大剌剌地擺出鑰匙，也真的能開門，真正的問題是那「附近」的東西，一點也不能大意。至於探索要素，那更是簡單得可以。

不過，還是得探索。

而且不能忘記，這裡是死亡之屋。

「那現在，我先——」

幽鬼離開餐廳到走廊上，對其他五人說：

「把必要的心態告訴妳們。」

她決定六人一起行動。

由於其他人都是新手，她是可以選擇單獨離開餐廳，進行必要的探索，檢查有無陷阱，完全確定通往出口的路線安全無虞後再護送這五人過去。如果想要最大的安全，或許就該這麼做，但現實卻是如此。沒有人提出這樣的意見，自然而然，不言自知的感覺。原因多半是出在害怕遭到拋棄。假如幽鬼先走而找到了出口，她可能就此離去，誰也無法保證她會回來帶路。為了避免這種事，自然會想跟上去。雖然在這樣的死亡之屋待在原地會比較安心，可是以安心論，跟隨遊戲老手幽鬼倒也不差，問題就只是選哪邊而已。現在，所有人都傾向於跟隨幽鬼。

「想活下來，總之就是膽小一點。」

幽鬼說道：

「只要覺得有點奇怪，就不要過去。感覺和平常不一樣，就馬上說出來。有人生個病不叫計程車，而是直接叫救護車，我們在這遊戲裡要做的就是『這種人』。謹慎到一步也不敢動，反而剛好。」

「這樣沒關係嗎？」

發問的是王子女僕紅野。

「不是有人在監視嗎？要是都沒動作，主辦單位會不會介入搞事啊？」

「就我所知，不會有這種事。我曾經遇過所有玩家都非常警戒，超過一星期都沒有任何進展，或是每一個都像我這樣重視互助互惠，過得一點也不驚險，也沒人受傷，但是都沒感覺到官方的介入……我想，怎麼玩純粹是玩家的自由。」

這方面沒有正式公告，使得幽鬼最後說得不太有自信。

「在這種地方，想法負面的反而比較強。所以無論如何，都要先往壞的方向想，讓自己愈來愈疑神疑鬼。光是有這種想法，存活率應該就會提升很多。再來……對，我會先去探路，所以最好不要離我太遠。」

「妳看得出安全路線啊？」

這次換金髮雙馬尾女孩金子發問。

「靠經驗啦。有很多慘痛的經驗。」

金子先尷尬了一下，又問：「……妳說『慘痛經驗』……就表示中陷阱也不是絕對會死，是吧？」不知是想趁安全多問一點，還是遵照幽鬼所說的「讓自己疑神疑鬼」。無論如何，答案都是「嗯」。

「中一次陷阱就完蛋，觀眾會覺得沒意思吧。除非是傷到要害或是大型障礙，不然不會當場死亡。」

「大型障礙是什麼意思？」

「遊戲裡有時會出現絕對躲不掉的陷阱，尤其是這種逃脫類的。那需要花很多經費，必然是節目的重頭戲。六個玩家的話，大概會有一、兩個吧。」

「……我會做好心理準備。」

金子大概是想像了「負面的未來」，說完就不再開口。

這時幽鬼感到右手被拉了一下。來到走廊而戒心提高很多的她迅速回頭，幸好不是觸發了陷阱。那麼是什麼呢，原來是不用幽鬼說就已經夠負面的女僕青井揪住了她的袖子。

「啊！」她和幽鬼對上了眼。「對……對不起。」並小聲道歉。

「呃，不需要道歉啦……什麼事？」

青井頭低得都快掉下來了。「因為妳剛才說不能離妳太遠。」

「喔……」

幽鬼答不出話。

如果想跟緊幽鬼，這樣的確最好。可是這種事別說建議，她連想都沒想過。因為人到了一定年紀，自然會懂得避免不必要的肢體接觸。幽鬼覺得這很可愛，不禁莞爾。

接著，換左手有感覺了。轉頭一看，金子挽住了她的左手臂。不是青井那樣稍微揪著袖子，是整個人貼在身上。

「這樣感覺也不錯耶。」

金子雖這麼說，臉頰還是有些泛紅。幽鬼覺得這件事的害羞程度應該跟搶別人吃到一半的瑪芬差不多，但在她的基準下似乎不同。

隨後背上出現很凶猛的感覺，還有手摟住她的腰。這凶猛的感覺，無疑是來自桃乃從後環抱。至於貼上右肩和右腰的手，用消去法來推斷，應該是屬於紅野。

「大家都很愛妳耶，幽鬼。」

黑糖則是在正前方壞笑。

（7／23）

合體女僕就此試圖穿過走廊。

除了有過一次經驗，心情上比較從容的黑糖以外，所有人都黏在幽鬼身上。雖然都沒說出口，但其實都很害怕吧。人接觸另一個人時會覺得安心，紅野為桃乃拍背也是這個道理，連零下氣溫的雪山也通用。

可是現在不太一樣，黏著幽鬼的人都很安心的樣子，幽鬼自己反而緊張得不得了。完全是課本級的左擁右抱。就連原本只是稍微揪著袖子的青井也貼得很緊了。

不是高興也不是幸福，就是緊張而已。一般來說，和漂亮女生親密接觸時，就是會緊張。這是為什麼呢，明明這麼漂亮。是高興衝過負荷量了嗎？幽鬼一面想著這些事，一面探索。

首先，幽鬼一行人穿過走廊，前往與餐廳反方向底端的另一扇門。她們猜想那裡八成是重點。

門上了鎖，所以找鑰匙開這扇門多半是過關的必經之路，於是她們一間間搜起走廊上的其他房間。

老話重提，這遊戲不只是密室逃脫，還會死人。比起找到鑰匙，玩家在路上中陷阱而傷亡才是真正的問題，藏鑰匙的位置並不刁鑽。幾乎是桌上、櫃子裡等容易發現的地方。

然而——

「找不到耶。」

有人這麼說。

地點是幽鬼的寢室。

玩家的起始地點——這次是寢室——通常是安全區。畢竟玩家會在睡眠時誤觸陷阱而亡，節目就不用做了。基於安全，關係到遊戲推進的物品不會放在那裡。換言之，搜尋起始地點只是白費力氣，但搜到現在也只剩這間了。包含幽鬼外的五間寢室在內，其他房間全搜過了。如果鑰匙存在，只會是這裡。

可是沒有。有的只有找不到的事實。

「該怎麼看待這個事實呢。」

緊抓幽鬼左手臂的金子說：

「會是放在明顯的地方卻漏看，還是需要找得再細一點呢？又或者想找鑰匙這件事本身就是錯的呢？」

「我想找鑰匙應該沒錯……」紅野回答：「因為都沒有其他比較可能的路線嘛。」

「再找一圈再說怎麼樣……？」桃乃怯怯地說。「仔細去找還是有點可怕。」

妥善的意見。搜尋床底下或櫥櫃後等區域，會增加遭遇陷阱的風險。在那之前，先依循已知的安全路線檢查是否有遺漏確實比較穩。就在幽鬼想贊成時——

「妳們在說什麼傻話。」

聲音是來自唯一沒和幽鬼合體的異議份子黑糖。

「不是還有一間沒找過嗎？」

「咦？」

「就是餐廳啊。那裡並不是安全區吧？」

（8／23）

餐廳景象與她們離開時無異。

沒其他人在，這也是當然的。一進餐廳，女僕們抓幽鬼的力氣就放鬆了。是回到熟悉的房間讓她們安心了吧。

熟悉的房間。

畫面之中，沒有鑰匙。

「沒有耶。」

黑糖說：

「仔細想想，我們都在這裡待那麼久了，有鑰匙的話應該會發現才對。不好意思，浪費大家時間。」

「不，別這麼說……餐廳真的是盲點。」幽鬼回答。

這原本是她應該注意到的事。也許是第一次帶新手，抑或是被女僕簇擁的得意忘形，使得視野變得狹窄也說不定。

「來都來了，就認真找找看吧。」

幽鬼接近餐桌，同時女僕們放開了幽鬼的身體。喪失觸摸的感覺，使幽鬼在些許的失落感中坐下。其於五人也跟著就座。

出去探索的時間——這裡沒有時鐘，純憑幽鬼的感覺——頂多三十分鐘。如此短暫的勞動時間，還不需要休息。幽鬼自己也只有緊張，並不覺得疲倦。可是這關係到人命，其他五人又對這遊戲不熟，消耗應該比幽鬼想像中更重。幽鬼自己也才剛犯下忘了搜餐廳的錯，狀況算不上好。過分膽小反而好，是她自己說過的話。這時候還是遵循自身發言比較好。

幽鬼往桌上大盤伸手。那隻手相中的餅乾，卻被黑糖先一步奪走。

「不……不用再搶了吧？都吃了那麼多，應該知道這種的沒問題了吧。讓我吃自己想吃的嘛。」

幽鬼眼帶怨恨地往黑糖看，但黑糖沒有表示歉意，也沒有嫌她囉唆而瞪回來，就只是若有所思地盯著餅乾看。

「……盲點……」

視線從餅乾移到大盤上。

黑糖將搶來的餅乾放回大盤，然後用雙手抓住兩端，抬起大號披薩那麼大的盤子，移到桌上多得是的多餘空間。

底下究竟有什麼呢。

是一串金黃色的鑰匙。

「……哈哈！」

女僕們鼓譟起來。

黑糖勾起鑰匙環的部分。

「真的是盲點。我們從很久以前，就在不斷往鑰匙伸手了呢。」

黑糖就此拿起鑰匙，現給所有人看。

這一刻，幽鬼見到底下有東西發亮。

那是——

非常細小，是魔術表演用的極細絲線。

幽鬼站了起來，一反前態地大叫：「——黑糖！趴下！」

「啊？」

呼咻。一道滑稽的削風聲響起。

（9／23）

接著是連續三道聲音。

第一是高速射出的「物體」貫穿黑糖腦袋的聲音。細小清脆，完全不會覺得是人腦遭貫穿的聲音。第二是無法站立的黑糖隨衝擊方向倒下的聲音。第三是鑰匙串離開她的手，落回桌面的聲音。

嚴格來說，幽鬼椅子倒下的聲音可算是第四個聲音。她站得很猛，把椅子撞翻了。但也就僅此而已。無論算三道還四道，黑糖的生命都在這一瞬之間結束了。

沒氣了。

本場遊戲第一個犧牲者出現了。

「——！」

接著是不成聲的慘叫。

桃乃抱著頭，維持坐姿縮成一團，一副真想回到媽媽肚子裡的姿勢。

這就是眾人對這個狀況的最大反應，沒有其他女僕陷入恐慌，算是不幸中的大幸。不過這也只是沒有恐慌而已，沒有一個沒受到震撼。

所有人都臉色發白。

是打從心底體會這是死亡遊戲的臉。

「剛那個……」

不知過了多久，金子是第一個恢復到能夠發問的女僕。

「剛那個，就是陷阱嗎？」

這問題令人覺得果然沒那麼快完全恢復。幽鬼點頭回答：

「這是常有的事。重要物品週邊，特別容易出現危險的陷阱。我應該早點強烈警告的。」

幽鬼看著黑糖的遺體說。

那是除幽鬼外唯一的遊戲經驗者。不知是還不懂逃脫類遊戲的黃金律，還是還沒有養成習慣。如今真相已不得而知。

幽鬼很懊惱自己沒能早一點提醒。就算無法阻止陷阱啟動，那也是頭一低就能閃過的陷阱。如果幽鬼狀況好一點——有過帶新手的經驗——在黑糖之前注意到鑰匙的位置——甚至事前刻意調整呼吸，或許就能改變黑糖的命運。

真是對不起她。

可是幽鬼沒說出口。

她過去查看黑糖的遺體。那的確是遺體沒錯，無庸置疑，死透了。有根粗如冰錐的金屬大粗針刺穿了她的頭顱，右顳進左顳出，就像戴了那種搞笑裝飾一樣，但這是鐵錚錚的現實。

「那個……那個……」

說話的是紅野。她像是覺得不太該用「那個」，立刻改口說道：「她，現在怎麼辦？」

「也不能怎麼辦，只能留在這了。」

幽鬼淡然回答：

「在這裡也不能埋葬她，頂多只能給她拜一下，但我不建議。」

「為什麼？」金子問。

「因為以後有可能出現連拜一下都沒時間的場面，也就是拜過黑糖，卻沒拜別人，這樣心裡就會出現弱點。而這個弱點，說不定會在關鍵時刻咬我們一口。在這種遊戲裡，精神創傷會比想樣中更重。所以不管誰死了，我都不會去哀悼，等到遊戲結束後再一次處理。」

「……原來是這樣。」

幽鬼看向桌面，正確來說是桌上的鑰匙。用以牽動陷阱的細線還連在上頭。為防雙重陷阱，幽鬼小心翼翼地切斷細線。

什麼也沒發生。

鑰匙串進了幽鬼手中。

「我想，這樣就能開那扇門了。」

幽鬼環視少了一個的女僕群，接著問：

「妳們，還可以繼續嗎？」

（10／23）

五名女僕再度合體。

以合體方式穿過走廊的過程中沒有一個人說話，只聽得見五組腳步聲。

沒有觸發陷阱。這條路已經來回過一次，這也是當然的。風平浪靜地來到門前後，眾人先解除合體，因為惡夢說不定會在插入鑰匙的瞬間來襲。幽鬼要眾人放低姿勢，接著接近門扉，一枝枝試鑰匙。

到了第三枝，轉得動了。

除了門開以外，沒事發生。

先前經歷過心情剛起飛又重摔，使得含幽鬼在內的所有女僕都高興不起來，警戒不降反升，進入下個房間。

那是個六角形的房間。

風格與過去的房間略有不同，四面八方都是白色，令人聯想到實驗室或醫院。

沒有任何堪稱家具的擺設，顯然不是作起居空間之用。

而是別有目的。

用來達成遊戲目的。

「這是……」

金子感到事情不尋常，問道：

「這就是妳先前說的大型障礙嗎？」

「大概吧。」

無法迴避的陷阱。為推進遊戲，非挑戰不可的陷阱。

入口處的正對面有另一扇門，是拉門，把手上方有塊寫著「閉」的牌子。

事實如字面所示，門動也不動，憑人力所無法動彈的力量關住了門。

「那……那個！」

是桃乃的聲音。「這邊的門打不開了！」

她們進來的門，被桃乃的手推得咔咔響。她當然不是胡鬧，是認真想開門，可是門把完全轉不動。

退路斷掉了。

「被關起來了呢。」幽鬼依然鎮定。「不做該做的事，就直接關到死的樣子。」

「該做的事，是指……『那個』嗎？」

說話的紅野，視線指向牆面。

這六角形房間裡的每面牆上，都裝了一個拉桿。先前門講了那麼久，或許有人會以為是門把，但不是那樣。是像巨大機器人出擊時會用的那種，一根橫把手接起兩根金屬棒，由上往下拉的拉桿。六角形的房間裡，總共裝了六個。其中四個裝在牆壁正中央，另外兩個因為牆中央是門，往旁邊移了。

總而言之，有六個拉桿。

「是要同時拉嗎？」

幽鬼說著往拉桿伸出手，但是沒碰。自己一個人就算了，現在說不定會殃及新手，最好別冒無謂風險。

「六個拉桿同時拉。接下來應該會出事……但無論如何，過了這關以後才會有進展。」

「同時……？」桃乃緊張地問：「可是我們……」

這樣就充分表現出黑糖已死了。沒錯，這裡只有五個人，不足以同時拉下所有拉桿。

「應該不會這樣就過不了吧。」

紅野說：

「既然在這之前有致命陷阱，就表示遊戲是以死人為前提設計的。有可能是找出唯一能開門的拉桿，或是拉下來以後就拉不回去的拉桿，甚至是要我們用衣服做繩子，把它固定在下面也不一定。」

「其實連需不需要拉都不確定呢。」

幽鬼叮嚀眾人：

「雖然先這樣說不太好，可是這種東西有時候會有第二條路，讓人事後覺得原來這麼簡單的那種。因為這樣看起來比較有趣。懷疑每一樣東西，就是生存的祕訣。最好把碰拉桿當作最後的手段。」

「就是要把能試的都試一遍吧……」

剛用甜點填飽了肚子，關在這裡也不怕那麼快餓死，也就是時間上仍有餘裕。五名女僕就此想盡辦法試誤，尋找是否有不拉拉桿就能開門的手段、或其他出入口、或不藉人力就能使拉桿定在下面的方法，或是會不會因為多等一段時間而發生有利的事。

然而全都落空。

愈是嘗試其他方法，「只能那麼做」的想法就愈強。

「看來還是只能拉拉桿了。」

說話的是金子。

「或許真的有保證安全的隱藏路線，但找不到等於沒有。如此看來只能盡人事聽天命了吧。」

憑幽鬼的體感，進房後大約過了一小時。不是單純的一小時，是在密閉空間內，生命受威脅的狀況下，和才剛認識的人共度的一小時。感覺比手放在火爐上一小時還久吧。其實在幽鬼看來，幾位女僕的表情已有疲態。遊戲還不知有多長，要妥協就最好挑現在。

「……那就拉嘍？」

幽鬼這麼說看向她們每一個。只有紅野明確答：「好。」桃乃和青井沒出聲，但點了頭。

「好，那就拉吧。」

女僕們各自隨意就位，握住拉桿。

「那麼，可以先當作有一個會出事嗎？」紅野問。

「嗯，總之先這樣想吧。我們按照這個位置，每次往左移一次，試試看會發生什麼事。如果不行……就要考慮破壞衣服，固定拉桿了。」

「幽鬼，我想先問一下妳的想法。」金子問：「拉了以後，事情還沒有結束吧……大概猜得到是什麼事……那實際上是怎麼樣？」

「多半是某種副遊戲。」幽鬼沒必要隱瞞，說出經驗。「例如房間開始進水，要在時間內解謎，不然就淹死。或是地面突然打開，放開拉桿就會掉進黑暗裡。最好都當作會有這麼誇張的事。如果做出正確選擇就可以平安過關，反過來說就是亂來可能導致全滅。」

「真的很有節目的感覺……」紅野說：「可以做成這樣，只拿來做節目太可惜了吧……明明還有很多其他賺錢的方法。」

幽鬼對唸唸有詞的紅野喊：「還有問題嗎？」

「沒了。」

只有金子回答。桃乃和青井又只是以肢體表達。

「那就開始嘍，我數到三一起拉。」

幽鬼這麼說之後稍停一拍。

「一、二、三！」

拉桿拉下了。

所有人動作一致，可說是行動成功。可是除此之外，一點變化也沒有。沒有副遊戲，門上的「閉」也仍是「閉」。

等了三秒，幽鬼放開拉桿。「鏗」一聲，拉桿彈回上方。其他人也放開，照說好的左移一次，改變不拉的拉桿後再一起拉，結果還是什麼都沒發生。再移一次。

「一、二、三！」還是沒反應。

是條件錯誤，還是真的需要六個人呢——

女僕間漾起這樣的氣氛，且第四次也像是應和這點，照樣失敗了。總算是到最後一次了。

「一、二——三！」

幽鬼發號施令，這次拉得特別用力。

同時響起五道「鏗」。

但也就這樣而已，再來只剩沉默。

「…………」

每個人都在查看其他人。

這種沉默除非有人主動打破，否則會永遠持續下去。「那、個……」於是幽鬼負起過來人的責任，勇敢開口：

「既然什麼都沒發生……我們先集合吧。」

說著，幽鬼放鬆了力氣。視線指向其他人，沒看拉桿。因為能預料會發生什麼事，不需要看。回彈的力量將使拉桿回到原位，放鬆力氣，手就會升上去。幽鬼下意識認為，掌中會出現那樣的感觸。

但是，感觸不是來自掌心。

而是手腕。有東西箍住了她的手腕。

「咦！」

幽鬼回過頭去。

發現自己被銬住了。

（11／23）

銬住手腕的金屬環是從拉桿側邊竄出來的。

且拉桿高度與鬆緊度直接相關，愈往上愈緊。大概在由上算來三分之一的位置就痛到幽鬼不想再試了。如果完全放掉，大概手會被截斷。儘管往下拉就會放鬆，但即使拉到最底，也沒鬆到可以掙脫。

被束縛了。

這無疑是遊戲開始的訊號。

部分地面逐漸隆起，很快就到達天花板。從幽鬼的視角看去，是兩面牆。從六角形的頂點延伸到房中央的兩面牆，隔開了幽鬼與其餘四人，與銬住她們的牆正好構成三角形。其他女僕也見到了同樣景象吧，六角形的房間切蛋糕似的分成了六等分。

接著聽見了非常刺耳的聲音。

來自天花板。幽鬼向上望去。

有圓鋸從天花板伸了出來。

一片兩片三片，沿著三個邊伸了出來。轉速快得看不見究竟有沒有鋸齒，但想必是有。就算沒有，被轉速那麼快的金屬板碰到也會沒命。

鋸片逐漸接近幽鬼，速度不算快，卻也不是微速，就是會讓玩家緊張得剛剛好的速度。得到這種速度之前，肯定做了很多調整。幽鬼認為一旦鋸片到達地面，再怎麼靠牆也躲不掉。找地方躲是沒用的。

非得阻止它們不可。

儘管是銬在牆上的狀態，也必須想想辦法。

「幽鬼！幽鬼！」

有人咚咚咚地敲牆。是金子。

「有鋸片！圓的那種，下來了！」

「我知道。」

幽鬼冷靜地說。她確實很冷靜，她參加過很多場遊戲，已經養成危機愈是逼近，心思愈是冷靜的精神結構。或者說是處世之道。人類的環境適應能力實在是太棒了。

那麼，我們該怎麼做呢。答案是以「有方法」為前提。如果「沒有」或這是用來處罰失誤的玩家，做什麼也沒用。所以幽鬼不去想，不時將拉桿往下扳，觀察危機的開端，那可惡的手銬。

並發現側面有像是鑰匙孔的部位。

鑰匙孔。

能用鑰匙打開。

幽鬼立刻用另一隻手掏出女僕裝口袋裡的鑰匙串，為金色鑰匙圈上的鑰匙數量眉頭一皺，但也只能硬著頭皮試，於是高速掃動雙眼，尋找可能的鑰匙。

找到形狀合適的鑰匙時，已經剩沒幾把了。插進去一轉，手銬發出悅耳的聲音解開，同時刺耳的聲音稍微降低。抬頭一看，幽鬼頭上的三片圓鋸都停了。

原來是這種構造。幽鬼心想。

鋸片停了，聲音仍在持續，所以停下的只有她這部分。其他四人也需要這樣做。

可是——該怎麼做。

幽鬼邊顧盼三角形房間邊思考。直達天花板的牆應該有洞才對，不然給不了鑰匙。她們的手銬應該也是「這樣」解才對。或許人人解鎖條件不同，但屆時也只是自己想辦法，屆時再說。

三角形的頂點，原為房間中央位置的牆上，有些切口。

按一下就毫無抵抗地鬆開，往另一邊掉下去。牆壁中段，六等分蛋糕的中央，六面牆結合的位置，出現一個郵筒投信口般大小的縫隙。

「房間中央！」

幽鬼用不輸圓鋸的音量大叫：

「我會從那裡傳鑰匙！妳們用它解開手銬！解開了鋸子就會停了！」

話說得很拙劣，就只是陳述事實而已，但沒辦法，情況緊急。一次可能沒聽清楚，於是幽鬼又重複一次，手伸進縫隙放下鑰匙。

緊接著——

「咿！」

四隻手一起抓上來。

幽鬼嚇得渾身發毛，當場縮手。當然，留下了鑰匙。縫隙中有幾隻手鏘鏘鏘地蠢動。

她們在搶鑰匙。

四隻手搶一串鑰匙的動作，讓幽鬼不知為何覺得很下流，有種明白戀手癖心情的感覺。

「不——不要搶！已經少了一個，每個人都有時間開鎖！」

「少了一個」脫口而出，但那是事實。儘管時間有可能隨人數減少重新設定，但應該是設定成把握時間就能全員生還才對。

只要不這樣浪費時間，所有人都能獲救。

一隻手跟著鑰匙串消失了。

其他手也隨之消失。

幽鬼看出了搶到鑰匙的是紅野。在餐廳，幽鬼和其他人搶了那麼久的甜點，已經能看出哪隻是誰的手。

紅野第一個搶到，對幽鬼來說也最合理，因為她高。大家另一隻手都銬在牆上，要把身體拉得很開才行。即使手銬解開了，幽鬼仍試著模仿。只能勉強搆到而已。人的臂展幾乎等於身高，而幽鬼的身高高於平均。幽鬼都這麼勉強了，嬌小的青井和金子一定更難，對高挑的紅野反而輕鬆。在搶奪鑰匙上，距離的優劣影響甚大，而事實證明果然是優勢最大的紅野先奪得。

又傳來咔咔咔的聲音。幽鬼彎腰查看縫隙，又看到四隻手在蠢動——四隻？幽鬼眉頭一皺。不知為何，應已解開束縛的紅野的手也在裡面攪和。都什麼時候了，這是在做什麼？出聲之前，幽鬼的腦袋先得出了答案。

她動了私心。

紅野要把鑰匙串交給她左邊的桃乃。

這使得幽鬼心裡五味雜陳。那表示對紅野而言，桃乃的生存優先於其他兩人。她先前的舉動也的確有這種味道，和桃乃離得特別近。可是這樣——

幽鬼沒有要求紅野住手。

最後紅野如意將鑰匙串交到了桃乃手裡。能聽見刺耳的圓鋸聲中夾雜著些微金屬摩擦聲。

幽鬼原地靠牆坐下。狀況很不妙，經過兩次搶奪，浪費了不少時間。幽鬼看不見圓鋸到了哪裡。如果這裝置合乎遊戲平衡，那現在恐怕不會有全員生還的結果了，金子和青井必然會死一個，或是兩個都死。事到如今，幽鬼也不想再多說了，只能默看她們自己的造化。

儘管看著她們並不會讓未來變得更好，幽鬼仍緊盯牆間開口不放。她沒有「我需要見證」的情操，也不是「看好戲」的群眾心理，那裡就是有種令人「移不開眼睛」，無法再細分的吸引力。

說不定，這場遊戲的「觀眾」也是相同心情。

就結論來說，這次沒有爭搶。

原本只有指尖能勉強搆到的開口中，突然伸進了「整隻手」。

不僅是手掌，整條下臂都穿過開口，鑽進桃乃所在的空間。

是金子的手。

分辨是誰的手不難，不懂的是手怎麼能伸到那裡。距離不對，伸不了那麼長，就連紅野也做不到。一隻手固定在牆上的金子，不可能把另一隻手伸到這個位置。

於是幽鬼明白了，她恐怕——

金子的手以快到不能再快的速度縮了回去。一瞬之間，幽鬼從開口中見到那隻手從桃乃手中直接取得鑰匙串，聽到鑰匙串擦過開口的聲音。

金子房間就在隔壁，幽鬼便貼上牆去聽。咔擦咔擦，真的沒時間了吧，鑰匙串動得很急的樣子。拜託、拜託、拜託。幽鬼一心祈禱。即使放她們自己處理，希望她們活下去的心情依然不變。雖想聲援，但還是忍住了，因為不想分散金子的注意力。她將憂慮完全收在心裡，耐心等待，總算模糊聽見與自己那時同樣的痛快聲響，與疑似放下鑰匙串的聲響，接著——

接著——

「——！」

是輕小的敲牆聲。

聲音很弱，但聽得很清楚。表示牆後那人脫離危機，表示金子倖存。

幽鬼喘了口氣。

就在這時候。

「啊——」

那是——

「啊啊啊啊！啊啊※※※※※※※※※※※※※※※※※※啊※※※※※！※※※※※！※※※※※※※※※※※※※※※※※※※※※※※※※※※※！※※※※※※※※※※啊※！※※※啊※※※※※※※※※※※※※※※啊※！※※※※！※※※※※※※※※※※※※※※※※啊※啊※※啊啊啊啊啊※啊啊

啊啊啊啊啊啊啊啊啊啊啊啊啊啊啊啊啊啊啊啊啊啊啊啊啊啊！」

那是誰也沒聽過的聲音。

這也難怪，畢竟她到現在幾乎沒出過聲。別說這樣叫，這裡甚至有人第一次聽到她發出聽得清楚的音量吧。

木訥女僕，青井終於出聲了。

第一次就是絕無僅有的全力尖嘯。

（12／23）

聲音停了。

就像剛走出電子遊樂場，耳朵有點不甘寂寞。

此時如願以償，聲音又來了。是遊戲機關隱身的聲音。升起的牆壁退回地下，六乘三，十八個圓鋸也返回天花板。沒回去的，只有幽鬼推開的一小塊牆壁，三角形房間變回六角形，靠在牆上的幽鬼倒了下來。

倒的還有另一個。

是牆後的金子。

幽鬼坐起來往金子看。趴倒的她細細發抖，大概是在哭。顫抖有一定頻率，難以分辨是在出聲、喘息還是痙攣。大概是被圓鋸擦到了，女僕裝上到處是傷痕，美麗的金髮也顯得參差不齊。

而且，她「右手手腕以下不見了」。

掉在牆邊。這就是剛才的內幕，金子截斷了自己的右手掌。想掙脫手銬，沒有比這更直接的方法了。

當然，人體不是塑膠模型，不是想截斷就能截斷。動刀的不是金子，是手銬。手銬鬆緊與拉桿上下同步，往上則緊，往下則鬆。幽鬼推測，扳到最上面會把手腕夾斷，而這其實是這場遊戲給出的標準答案。當其他玩家設法用指尖搆鑰匙串時，有勇氣截斷手掌，全力取得鑰匙的人才能確實存活。這種遊戲就是這樣，動不動就會要求玩家做出犧牲。

金子放棄無傷生還，所以才能倖存。

全身發抖，肯定不是因為痛。

「對不起……」

她說得很小聲，但仍傳進了離得近的幽鬼耳裡。不只一次，且頻率不定，像是情緒到達激動處就會脫口而出。

聲音小得像是搶了青井的角色。

這於這個青井，則是「散落」在金子隔壁房間——一大片區域。

「怎麼會……『那樣』？」

是桃乃的聲音。她和紅野互相扶持著起身，兩邊臉色都是不眠不休工作三天那麼憔悴。

「為什麼『不是紅的』？」

聲音裡占最多的不是恐懼，也不是嫌惡，是困惑。

全身慘遭三片圓鋸破壞的她，並沒有散成一整片腥紅。沒有鮮紅的肉塊，沒有鐵鏽味，也沒有腸內殘留的糞臭。

就只有一團團白色物體。

彷彿是棉花爆出來的布偶。

對喔，她們是第一次見。黑糖那時肉體損傷極小，所以沒注意到。幽鬼解釋：

「這是『防腐處理』。畢竟是給人看的節目……弄得太血腥就不好了，所以做了這種處理。死在這遊戲裡的人，就會變這樣。」

「動作會不會太快？」紅野問。有人說話，使她情緒冷靜了些。「想完全去除血腥，要清掉血肉、灑棉花，甚至消臭，而且只有幾秒鐘時間能動作耶？」

「啊，不是。我說的處理不是這個意思。」幽鬼搖頭說：「抱歉，是我沒說清楚。『防腐處理』不是死後的事，是一開始就做好了。」

桃乃和紅野都是一臉茫然，幽鬼繼續補充：「我也不太清楚……總之那些白白的東西，原本都是青井的血，接觸空氣以後才瞬間凝固成那樣。所以受傷了也不用止血，然後……臭味也是原本就沒有。我們現在應該是不會有體味才對，而且遺體棄置不管也不會腐壞，大概是用了防腐劑什麼的。」

兩人臉色愈來愈白。幽鬼也不願意嚇她們，所幸有人已經懂了。

「又不是都市傳說。」紅野接下去說：「像什麼吃太多添加物會變木乃伊那樣……那個，也就是說……我們的身體都被改造過了嗎？」

「嗯，在送我們過來的過程裡。所以千萬不能去捐血那些喔，遊戲過後應該會有通知。」

現在紅野完全無言了。

臉色白得像是會直接昏倒一樣。雖然不至於發生這種事，她仍無力地垂著頭。桃乃似乎打擊沒那麼大，拍著紅野的背。立場顛倒了。

幽鬼轉向金子。她姿勢仍未改變，一樣是趴著痛哭，「對不起」也仍在不定期持續。「防腐處理」也在其右手腕發揮作用，棉花般鼓出來，沒有流血。

幽鬼給她忠告：

「不要說那種話比較好。心裡想沒關係，不要說出來比較好。說了會讓自己變脆弱。」

金子沒有反應。

可以理解她為何這麼痛苦。她的責任感「扭曲」到會主動想替父母還債，現在她情緒一定很激動。無論在肉體上或精神上，她都是倖存者中受創最嚴重的吧。掌舵失誤的幽鬼也有一小部分責任，使得她心中也有難以磨滅的歉意，但她努力克制住了。即使自己的行動導致惡果，在遊戲裡也要當作事不關己。在很久以前，她就這樣決定了。所以黑糖喪命時她什麼也沒說，對於金子，就算她本人要求道歉，也要抵死不認。這是鐵則。想在這世界多活一分一秒，就必須這麼做。

希望金子也能如此。

可是幽鬼想不到能使金子改變想法的勵志金句，轉向果然變成「開」的門並打開，候在旁邊等待女僕們想主動走出那扇門。

（13／23）

門後是一直線的路。

女僕們無言地走，誰也不說話，一聲不響。前一段走廊也是如此，但細節不同。先前的沉默，算是「決心」的表現，全身充滿了鬥志，所以不說話。這次卻是明顯到不得了的「絕望」。眼見事情遠超想像，心中滿是後悔，事到如今也只有硬著頭皮繼續的份。這是種消極的前進，惰性的腳步。

此外，她們也不搞合體了，原因不明。不知是因為負責黏在右手上的女僕不在了，還是剛才的房間使彼此關係出現裂痕。幽鬼被可愛女生緊貼雖會緊張，不貼了卻又覺得寂寞。

即使不合體了，她們依然是由有經驗的幽鬼帶頭。金子繼承了青井的靈魂般，表情陰暗，腳步無力地跟在左後方。右後方是桃乃和紅野，手牽著手，身體貼得很緊，一副真的看對眼了的樣子。

「那麼，怎麼說，現在算是開始下坡了。」

為了抹去著凝重到不行得氣氛，幽鬼開口說：

「這是六人遊戲，不太可能會有比剛才更大的考驗。從現在的人數來看，後面可以說是垃圾時間吧。我猜。」

她沒說謊。遊戲的存活率設定在七成左右，六個死了兩個，已經低過七成了。多半不會再出現殺意旺盛的障礙，有也頂多一個，而且不太可能強要犧牲。然而，女僕們的表情仍舊明亮不起來。

「啊，還有就是，妳不用擔心自己的右手。」

幽鬼看著金子變短的右手說：

「經過『防腐處理』以後，很容易就能接回去。遊戲結束以後，會幫妳治到好。」

或許難以置信，但這場遊戲的醫療援助其實很完善。當然，請的全是無照醫師，但是會盡可能治好遊戲造成的傷害。「防腐處理」的存在，使得「可能」範圍比正常大上不少。斷手斷腳也是能完全治癒的小傷，頭髮皮膚牙齒指甲也有辦法復原。有時甚至連臟器，都能用不明管道準備好。與其說是治療，那更適合稱作「修復」。可以當作只要一命尚存，就幾乎能恢復原狀。

可是知道右手能醫好以後，金子依然表情陰暗。

該怎麼辦呢？幽鬼不知如何是好。雖然參加了二十八次，她仍不懂如何幫「變成這樣」的新手重新振作。因為這是她第一次帶新手。

這場遊戲，與過去二十七次經歷比起來很不一樣。仔細想想，根本就是有問題，玩家熟練度差距太大了。如此一來，必然是由幽鬼來主導遊戲，沒什麼意思。如果有裝成新手的「狼」在，那還有得說，但就目前看來，只要幽鬼還信得過自己的觀察力，這群女僕中並沒有這樣的人。

遊戲與玩家的適合度也比往常低，實際上還有桃乃這樣湊人數的發掘組出現。玩家平衡差還能用碰巧解釋，但實在很難不去猜想故意如此安排的可能。如果這場遊戲是以幽鬼主持場面，所有人手牽手過關為前提而設計——

「…………」

一往這邊想，幽鬼也說不出話了。

四人在直線通道上不停前進。路上的裱框畫、動物標本、五層櫃等充滿西洋風格的擺設，全都可能暗藏陷阱，盡數無視。

到「那裡」之前，四人之間毫無對話。

（14／23）

直線通道底端有個小房間。

房裡有兩扇並排的門，左邊那扇已經開啟。裡頭空間連小房間都稱不太上，大概只有淋浴間那麼大。多半不是房間，而是——

「電梯吧。」

幽鬼靠近左邊的門說：

「直覺上是要我們進去，不過……」

幽鬼窺探電梯箱體與門之間的縫隙。可能的陷阱中最單純的，就是縫隙彈出鍘刀，將通行者縱向剖半。於是她摘下髮箍，在縫隙前面晃了晃，結果什麼也沒發生。說不定對無機體沒反應，所以又用左手試了一次，還是沒動靜。這次幽鬼將腿往前一伸，揚起長裙踏進電梯，同樣什麼也沒發生。她繼續調查電梯內部，連一片剎刀也沒出現。先前才猜想遊戲已經進入下坡，這也是合理的結果，但幽鬼仍吐了口大氣。

外頭三人見幽鬼示意裡頭沒問題，便陸續進入。金子第二，紅野第三，依然沒事發生。可是到了最後一人——桃乃進電梯時，出現變化了。

電梯發出警報聲。

「唔。」

硬要寫成文字，那就是「唔」吧。某人發出了這樣的聲音。警報聲的原因是顯而易見，四人一同看向面板上端的液晶螢幕。

顯示的是——

限重一五〇公斤。

「…………」

是什麼意思呢。

光憑表情很難判女僕們對此究竟理解了多少。「……啊！」幽鬼頭一個出聲。

「總之先出來吧。所有人一起。」

女僕們點了頭。

她們側身排成一直線，數到三橫跨一步出電梯，並在小房間裡各自找個位置站之後，紅野開口了：

「一五〇公斤，正好是三人份呢。」

「就是啊。」

幽鬼嘴上雖這麼說，心裡卻是牢騷不斷。無論是把一個人當作五十公斤，還是看數字好看才這樣設定，都讓人覺得真是夠了。

「而且那是用液晶顯示的……很有可能會隨人數變動。如果是六個人來，應該會是三五〇公斤。」

「兩個兩個坐……就好了吧？」桃乃用全身請求肯定。「如果只能坐三個人，二乘二不就解決了？」

「很遺憾。」紅野回答：「電梯恐怕只會動一次。」

「怎麼知道的？」

「因為有明寫『one time only』。」

紅野指著電梯旁國中程度的三個英文單字。

one time only。

沒學問的幽鬼也看得懂——只會動一次。

「這座電梯是三人使用的。」

「……那個，也就是說……」

桃乃把話吞了回去。

視線看的不是電梯，是差點忘了的另一扇門。

那是扇玻璃門，不是毛玻璃或夾紗玻璃，就只是一般的清玻璃，能清楚看見房內景象。是個有階梯狀地面，像是蒸汽浴室的房間。大概是蒸汽浴，在這個只有黑白的建築物裡，它很罕見地充滿了暖色系光線。

但比起蒸汽浴，它的牆更引人注意。上面掛滿了大大小小，五花八門的武器，想像奇幻故事的武器行就對了。刀劍、鈍器、投擲物、長柄武器。光是沒有爆裂物與槍枝，就算不錯了吧。還有個側面印上「2t」的榔頭，整個房間充斥著讓人不想放開的詼諧。

不過，那是現實。

四名女僕。限乘三人的電梯。擺明要人械鬥的各種武器。

由此可以推測，這場遊戲的規則是——

「——不是那樣。」

幽鬼搖了頭。

「不要太早下結論。電梯的確是三人份，但那並不是要我們留下一個人，留下一人份就行了。」

「……？」紅野疑惑地問：「什麼意思。」

「就是說，那個……」幽鬼對直接說明有些排斥，用大拇指指著那間蒸汽浴室說：「我們四個人，各自分攤一點，『總共留下一人份』就行了。」

（15／23）

氣氛顯然為之一僵。

「在我印象裡……一隻手將近體重的五％。」

曾在過去的遊戲中聽說過這件事的幽鬼摸索著記憶說：

「一條腿將近二十％。水分占全身體重的六十％。能擠掉的大概十％，也就是全身的六％。考慮到會切除手腳要打點折扣，大概五％……頭髮其實很輕，只有百來克。然後，不要忘記女僕裝的部分，應該有幾公斤，那就裁到不會怕人看的程度吧。」

「妳是說真的假的？」桃乃的臉色是今天最青。「呃……妳是開玩笑的吧？拜託告訴我妳在開玩笑。」

「我會負責動刀。」幽鬼回答：「我對這有點心得，不管哪個部位都保證能一次砍斷。」

「問題不在這裡吧！」

桃乃用可愛的聲音大叫，然後當場癱坐在地。

「有『防腐處理』，不用擔心。」幽鬼對著她的髮旋說。「只要切得不是太糟糕，都接得回去。」

「接不回去怎麼行……」

說話的是紅野，背靠著牆。

「……就沒有安穩一點的辦法嗎？例如前一個房間說的隱藏路線之類的。」

「這當然要找，不過我勸大家都先做好心理準備。」

「五十公斤的話，每個人大概要分攤十二公斤吧？」桃乃繼續問：「拳擊手在比賽前不是會減重大概二十公斤嗎？如果跟他們一樣拚，說不定……」

「那大概是花一個月時間去減……這裡沒那種時間。」

這要命的回答，使這空間失去了聲音。

——狀況恐怕不太妙。

幽鬼如此心想。

留下部分肢體，聽似可怕，但也只是暫時。所有人都經過「防腐處理」，遊戲結束後就會復原，也不用擔心失血而死。比起先前的六角房間或找鑰匙，已經安全多了。

可是她們的反應卻比幽鬼想像中激烈。這是遊戲熟練度差異所造成的觀念差距，她們才剛聽說「防腐處理」，還不習慣在必要時刻將自身肢體當「棄子」割捨掉的事，也無法相信那有幽鬼說得那麼安全吧。

人總是排斥切除自己的肢體。

說不定對殺人都沒那麼排斥。有哪位產生殺一人救三人的想法都不奇怪。幽鬼不動聲色地握緊女僕裝口袋裡的拳頭。假如真的發生這種事，廝殺化為現實，幽鬼就得動用拳頭了。她的視線均等投向桃乃、紅野、金子三人，要看清楚踏出腳步的那瞬間。知道現在是關鍵時刻的幽鬼繃緊了神經，將注意力發揮到最大，時時刻刻監視她們三個——

「我……」

然而。

那想法卻被她的話輕易打碎了。

「我留下來。請各位先走。」

（16／23）

三人都愣住了。

桃乃、紅野，甚至身經百戰的幽鬼都一陣錯愕。三個人僵在原地，小房間裡的時間停滯了那麼一瞬間。

金子也趁這瞬間衝了出去。

金色雙馬尾猛然一晃。

「……！等一——」

最早恢復的幽鬼大叫。

但為時已晚。小房間也就一、兩公尺大，幽鬼來不及阻止金子衝進去，房門關上了。幽鬼趕緊抓住門把也來不及，用盡全力也擰不動，不知是上鎖了，還是拿東西抵住了。無論如何，意思都一樣。

幽鬼不停敲打玻璃門，卻是徒勞無功。別說話她聽不進去，就連聲音都好像聽不見。金子的反應，就只是用憔悴無比的眼神往這瞥一眼而已，然後屁股以像跌倒又像坐下的動作著地，抱起雙腿。

她是決心不出來了。

「咦……現、現在是怎樣？」桃乃惶恐地問：「剛發生什麼事了？」

「……就是妳看到的那樣，金子放棄脫逃了。」

幽鬼在門前懊惱，心也隨這句話涼了半截。這無非就是她心中所謂「不妙」的狀況。

「自我犧牲，英雄主義。這是新手的主要死因之一。」

那是一種恐慌的表現。

在懸疑創作裡，常有懦弱的人再也無法相信他人，把自己關在房間裡，隔天變成一具悽慘的屍體，這個案例則是相反。勇敢過了頭，沉醉於極限狀況，最後放棄生命的事，幽鬼已經見過太多次了。當遊戲接近尾聲，被層出不窮的「效果」打垮的玩家，很容易被當時氣氛感染而甘願犧牲，只因責任感或罪惡感而死。

青井是被我害死的。

我必須以死謝罪。

幽鬼死命拍打玻璃，也想過打破。這扇門並不是關乎遊戲進行的必要物件，應該沒有絕對不能破壞的道理。但陣陣作痛的手，告訴她空手不容易打破，需要工具。如今眼前蒸汽浴室裡的每把武器，看起來都是聖劍。拿不到也是白搭，於是幽鬼轉身離開小房間。

這時，有人抓住她的手。

轉頭一看，是桃乃。

「那個……我們……」

眼神有話想說。

仔細一看，比較後面的紅野也是同樣眼神。

幽鬼不禁苦笑。

她們的眼睛都說得很清楚。

——這樣不是剛好嗎？既然她想死就不要管她嘛。

——我們就這樣三個一起逃出去吧。

「什麼事？」

不過，幽鬼仍故意這麼問。

桃乃和紅野都說不出口。

幽鬼是在等她們知難而退，這給她一種無比的快感。這麼可愛的兩個女僕暗藏這種想法的事實，讓她感到十分下流。不是認為兩人下賤或殘忍等鄙視，就只是覺得很可愛而已——她很不願意這樣想——不過她說不定真的就是為了這種快感才不斷參加這種遊戲。

眼角餘光處，有東西在動。

側眼一看，是金子從牆上取下一把小刀。怎麼也不會是想交給幽鬼，所以是為了自用。而對象，在那空間裡只有一個——金子自己。刀是用來刺她自己，想不到其他目的。

她要自殺。

一旦死了，再怎麼樣也只能留下她了吧。金子看她們裹足不前，要打破僵局。幽鬼瞪大了眼。所幸連刀都握不穩的左手，刺的是右肘，讓幽鬼覺得有點可愛。刺那種地方，就算沒「防腐處理」也不會死。

但既然金子開始有這種行動，時間就不多了。幽鬼轉向桃乃。

「桃乃，妳想想看。」

並說出殺手鐗。

「要是金子就這樣死了——」

說出口的，只有兩三句話。

聽了以後，不僅桃乃，連紅野的表情也變了。沒錯，在這個狀況下，的確有那麼一個不能讓金子如此死去，且無關倫理或精神衛生的理由。要是讓金子死在這裡，事情會很頭痛。儘管不至於全滅，確有可能導致「防腐處理」也治不好的創傷。這就是幽鬼的理由。

桃乃總算放開了手。

「可以去了嗎？」

幽鬼直盯著桃乃的眼說。

桃乃像是橫向動作遭禁似的，萬分無奈地點了頭。

（17／23）

來到小房間的路途，是純粹的直線走道。

就記憶所及，路上沒有任何武器。儘管如此，幽鬼還是有辦法。需要能破壞玻璃門的工具？在這地方多得是。

走道上有個櫃子。

黑白交互分層，不到幽鬼身高的一半，頗為可愛。遊戲或電影裡不時會見到走廊上擺有這種櫃子，但為什麼要特地在走廊上設置收納空間呢？裡面裝了什麼？這疑問很快就要解開了。幽鬼將注意力提升到極點，以絕對要避開致命傷的氣勢，毅然決然抽出最上層抽屜。

什麼也沒發生。

幽鬼用雙手交互侵略。第二層、第三層、第四層、第五層，這次手感總算有那麼點不一樣了。她立刻跳開，在走道上翻滾。滾動途中，有削風聲和木頭遭戳刺的聲音。她停下來抬頭查看，果不其然，之前奪走黑糖性命的那種「金屬棒」刺在櫃子上。

這建築裡到處都可能設有陷阱。

幽鬼將那近似冰錐或螺絲起子，有一定粗度的大粗針拔了起來。

沒有把手，所以費了點工夫。接著循來路返回——應該說，將回來的路再走一遍，返回小房間。「幽鬼！」幽鬼對前來迎接的桃乃問：「金子狀況怎麼樣？」

「呃，那個，她……」

「癱在地上動也不動。」

玻璃門前的紅野代為回答。

門後，金子以仰臥方式倒在地上。

「不是受傷，大概是精神上的問題。看起來不像有割到重要部位。」

「這樣啊。」

幽鬼衝到門邊，將剛才取來的金屬棒插進玻璃與邊框之間的縫隙用力一扳，玻璃立刻裂開。幽鬼歪唇一笑。這是破壞玻璃的主要手法之一，想用小型工具破壞玻璃就得這麼做。她將幾塊碎片移出門框，弄出手伸得過去的洞，摸索內側把手周邊，找到一個外側沒有的凹陷，在那裡又抓又扭地解開門鎖。抽回手的同時，女僕裝勾掉了一塊玻璃碎片。

門開了。

幽鬼的第一個感覺是好熱。果然是蒸汽浴室。她們非得減重不可，所以有此設備很合理。穿女僕裝，悶熱度更是倍增。經過「防腐處理」，就不用怕汗臭味了。

幽鬼義無反顧地趕到金子身邊，粗暴地抓住她的肩。「金子！」

睜開的眼睛暗淡無光，在蒸汽浴室關半天都不會這樣。連幽鬼也很少見到這樣的表情，因為玩家幾乎是陷入絕望後沒多久就死了。那是人失去求生意志，靈魂不在人世的表情。

幽鬼扛起她嬌小的身體。好輕，輕得像沒裝任何內臟一樣，似乎根本沒必要揹她。幽鬼用抱起夾娃娃機大布偶的心情，將金子抱在身前，要離開蒸汽浴室。

「妳為什麼──」

這時──

「為什麼要來呢，幽鬼。」

「那當然是因為妳不過來啊。」幽鬼隨口回答。

「不是叫妳們先走了嗎？」

「我說過要盡可能讓最多人過關嘛。」

「……我不值得妳來救！」聲音像是擠出來的。「我這種人死了算了！不要再管我了！」

像這種時候——

幽鬼所能做，且最符合社會期望的行動，大概是訓話吧。罵聲王八蛋，甩兩個巴掌，慷慨激昂地訴說生命的美好。但她沒那麼做。這是因為，幽鬼自己就是比誰都更輕視生命的人，死亡遊戲的重度玩家。她的神經可沒粗到能漠視這點指責別人，而且她認為不應該在無關遊戲的部分，只為威嚇對方而使用暴力。她做不到。

那麼次善之策，主張扶弱不需理由怎麼樣呢？同樣不行，因為這是說謊。幽鬼不認為自己有這麼高尚。幽鬼的利他主義，是為了更有利地進行遊戲。在她的思想中，滿腦子都是背叛、欺瞞、詐騙、謀略，只會讓心靈沉淪枯槁，終將自斃。換言之，她是個徹頭徹尾的玩家，生死世界的居民，不會說那種甜言蜜語。

「怎麼可以那樣呢。」

所以最後——

她只得這麼說。

「因為就算少了妳，只剩我們三個，重量也還是超過很多。」

「……咦？」

「呃，就是，桃乃和紅野都很大隻嘛，不減重不行。要是不能用蒸汽浴就糟糕了。」

（18／23）

關於四人的身高與體格。

金子各方面都不如人。身高如長凳，脖子細得好像粗魯一點就會折斷，身體瘦得穿女僕裝也看得出來。實際抱起來以後，幽鬼更是清楚地感受到，她恐怕連三十公斤都沒有，跟未發育的小學生差不多。

桃乃和紅野就很不一樣了。一個是超騷的性感女神，一個是身高沖天的王子殿下——不，紅野還算好，就只是高而已，身體很苗條。問題在於桃乃。那是怎樣，大腿那麼肥是怎樣。幽鬼剛開始還傻傻地想摸，現在卻只覺得「它們」礙事。這身材真是撩人得讓人連問體重都覺得抱歉。

另外，這樣發牢騷的幽鬼自己沒立場說人家。儘管沒桃乃和紅野重，也至少有五十公斤。

也就是說，除金子外全員都超過平均值。

超重的份，幽鬼粗估三人合計共有二十公斤。不是十五也不是二十五，是二十公斤。將一五〇公斤視為三人份，是由於推測所有玩家總重是經過挑選，將平均體重設定在同齡女性平均值——也就是五十公斤左右。先死去的青井與黑糖都不是極端體格，也就是其餘三人分擔了金子不足的量，所以預估二十。

二十公斤。就算丟下金子，也一樣要減掉這二十公斤，每人七公斤。或許會有人認為這點體重斷食就自然能減掉，但是不然。其實斷食的減重效果很有限，只有第一天會因為流失水分而降得很快，接著曲線馬上就緩下來。因基礎代謝而減少的體重，每天不過百來克。在減到七公斤之前會先餓死，何況遊戲不一定就此結束。想在那種半死不活的狀態下過關，也未免太小看這遊戲了。每個人都看得出，需要使用更為直接的手段。

截肢。

需要蒸汽浴室裡的粗重刃器。

幽鬼抱著金子回到小房間，將她放回地面。桃乃和紅野見到她沒事，沒有喜悅，沒有與她對話，也不接近，四人保持微妙距離，營造出微妙的沉默。

幽鬼側眼窺探金子。她的臉——紅通通的。大概是因為一時衝動想自我犧牲，結果不僅沒犧牲成，反而還發現團隊因此遇上問題，所以才臉紅吧。明顯低著頭，兩隻手難堪地動來動去。嘴唇也在動，但沒有說話，總之就是非常尷尬的樣子。光是想像她的心境，幽鬼就心跳不已，不過她可不能一直看下去，便往金子小小的背上一拍，說：

「其實啊，金子，妳可以再膽小一點沒關係喔。」

幽鬼發現自己叫金子都比較不客氣。是何時開始的呢，從一開始嗎？對其他人就比較拘謹，對她就沒有了。會是因為她明顯比別人矮小，所以看輕她了嗎？幽鬼心想，這樣不太好。不過金子本人也沒有怨言，連答覆也沒有，其他兩個人也毫無反應。

無奈之下，幽鬼單獨進入蒸汽浴室，隨便挑幾把長相足以截斷人體的刃器，回到小房間乒乒乓乓扔在地上。

聲音自然是吸引了所有人注意。

「五十除以四，一個人是十二．五公斤。」

幽鬼盡可能平靜地說，因為這樣比較有效。

「可是我們體重各不相同，看百分比會比看重量準。我們四個要分出一人份，所以要各自留下二十五％。」

女僕們表情又沉了。因方才混亂而忽略的現實又逼到眼前。

「要切哪裡，看妳們自己，只有軀幹不能切。不僅不好切，還很難治療。最好是選擇手或腳。」

「照先前說的百分比——」

紅野有反應了。

「只能切腳了吧。」

一隻手五％，一條腿二十％。既然要割除二十五％，只有一條路了。幽鬼「嗯」一聲點頭說：

「所以我建議先從腳切掉二十％，然後再用蒸汽浴脫水去掉五％，這樣就二十五％了。我想這是切得最少，最現實的方法。」

「而且切這個腳，還要從很根部的地方切吧。」

紅野往自己的「那邊」看。她的女僕裝是長裙，看不出腿的粗細。

「用這種刀械真的切得掉嗎？」

「……我有經驗，不過切活人是第一次。我會盡量縮短時間……那個，就是，減少痛苦。」

幽鬼看向桃乃。「看我幹麼？」她遮掩大腿說。

「真的可以恢復原狀？」

「嗯，我很肯定。」

「那樣的傷也能完全治好？我實在是很難相信。」

紅野看向桃乃。「到底為什麼要看我啦！」

「真的是這樣。想成殭屍或布偶就行了。只要零件還在，多大的傷都能復原。我雙手雙腳都還在就是證據。」

幽鬼展開雙手說。這個活過二十七場遊戲的女人，手腳不知缺損了幾次，也受過更重的傷。但儘管如此，她仍然留在這個遊戲裡，這就是「防腐處理」威力的最佳展示。

不過得到的卻是：「真的是這樣嗎？」

「可以請妳趁現在證明一下嗎？」

「呃……什麼意思？」

「衣服脫掉。」紅野非常認真。「讓我們能清楚看見妳的手腳都是真的。」

（19／23）

後續情形，就先割愛了。

因為都是傷眼的場面。不是因為幽鬼脫了，是因為噴棉花。幽鬼雖承諾會盡量減少痛苦，但畢竟是截肢，免不了一場鬼哭神號。即使參加了這種遊戲，女僕們仍有名譽可言，所以她們在過程中叫了些什麼、如何掙扎、對失去一條腿有何反應等，幽鬼全都忘得一乾二淨了，只留下客觀的事實。

首先不能忘的是先檢查有無隱藏路線。儘管有「防腐處理」，截肢的事當然是能避則避。要確定有無誤解、是否真的是限重一五〇公斤、有無密道、能否在測重上作弊、有無更簡單的減重方式等。能做的全做了，仔細到近乎逃避現實的程度，但還是沒有任何結果，真的只有截肢一途。儘管徒勞無功，這仍達到了堅定心志的效果，倒也不是完全沒用。

截肢是以幽鬼、金子、紅野、桃乃的順序來進行。幽鬼非第一不可的原因，是讓大家不會覺得第一個人完成之後，其餘三個人會藉其負傷直接殺害，以通過限重一五〇公斤的要求。如果幽鬼第一，就不用擔心。這或許是種傲慢，但就算少了一條腿，她也完全不認為自己會輸給三個新手。

因此，問題主要在於技術上她切不了自己的腳。責任感強的金子照例自薦，但她力氣實在不夠。接受她的好意之後，幽鬼指名桃乃來做。乍看之下，態度冷靜的紅野王子似乎會做得比較好，不過幽鬼覺得她是會在噁心場面垮掉的人，根據是她見到青井死亡的反應。所以選項只剩看起來最不該拿刀械的桃乃，她呢，也的確是盡了全力。幽鬼的部分這樣就解決了。

接下來的金子就輕而易舉了，兩條腿細得說不定能徒手擰斷。不過幽鬼還是抓起了刀，請桃乃和紅野按住雙腿，瞄準大腿根部。猶豫，壓抑在最低。請女僕壓制女僕的悖德感還比較重。紅野的部分也不難，問題在於她。

幽鬼總算是摸到了不愧於桃乃之名的粗壯大腿，一直很想摸摸看的她沒想到會是以這種形式摸到。除了覺得非常困難，幽鬼心中還有把非成功不可的火。藝品修復師說不定就是這種心情。必須整齊切斷，避免留下疤痕——

接下來。

幽鬼將蒸汽浴室的各種長柄武器改造成臨時拐杖，並排汗到極限，將女僕裝裁短到上鏡頭也不丟人的程度。還是超重，於是又剪短頭髮。最後幽鬼揹起金子，去掉一根拐杖的重量，總算是收在一五〇公斤之內。

電梯動了。

所有人見狀癱坐下來。雖然少了一條腿，要重新站起來很辛苦，但還是坐了。就算腳奇蹟般復原了，也會坐在那裡好一陣子吧。這一里路就是這麼長。

幽鬼環視眾女僕。

她們已經不是女僕了。取下圍裙，就只是裁短的洋裝。她們看著彼此，笑了。彼此之間，有種革命情感。就像是一起通過了成人禮，有過共同的苦痛，使她們產生一體感。即使心想那或許只是過段時間就會消失不見的錯覺，幽鬼仍沉浸在愉快的心情裡。真是太棒了，甚至希望電梯永遠不要停。

（20／23）

電梯直接連接出口的事，純粹是理想。

從障礙數量來看，是有這種可能沒錯，但期望落空了。門一開，見到的是像門廳的大空間，可能還要再走一段路。幽鬼用力挺直背脊說：

「走吧。電梯可能上來又摔下去，到最後都不能鬆懈。」

四人就此出了電梯。沒人慣於拄拐杖行走，不過比起過去的苦難根本不算什麼。她們很快就找到像是出口的門，無論速度如何，所有人都往那直線前進。

「話說，看得見卻接近得很慢，真的是一件很氣人的事耶。」

紅野看著出口說，速度慢得完全無法與步行相比。

「就是啊。」幽鬼說：「不如那個，來聊點東西吧。都沉默這麼久了，有很多話想說吧。」

「例如什麼？」

「能活著回去的話，要先做什麼之類的。」

「……這樣會不會太觸霉頭？」一旁的桃乃說話了。「這種話，不是誰先說誰先死嗎。」

「其實不會，而且還反過來喔。對人生有期待的人，會比較容易存活。說起來也是當然的啦。」提議者必須以身作則，幽鬼接著說：「我呢，就是，家裡的垃圾真的該清一清了。」

「也太不當一回事了吧……」

「不是，我是認真的，家裡塑膠垃圾已經堆兩袋了。我只靠這個賺錢，所以完全沒有星期幾的概念，抓不準倒垃圾的時間。明天是星期五吧？」

「我連今天星期幾都不知道。又不知道已經睡了幾天。」

「應該是當天就會開始啦……今天應該是星期四。啊啊，可是還要把腳接回去，明天恐怕來不及倒……」

幽鬼皺起眉頭。桃乃注視她一會兒，接著說：

「……我想吃拉麵。能活著出去的話，我要吃到拉肚子。」

「妳愛吃拉麵啊？」

「也沒有說多喜歡啦。就只是來到這裡以後，都在吃甜的。」

「喔……」

有道理。

「那紅野姊妳呢？」桃乃交棒給下一位。

「首先呢，就是把該付的付一付吧。」

對喔，她有借錢——她所謂的「負債」。

「然後呢？」幽鬼問。

「我想進修。」

「進修？」

「光一次的獎金，恐怕還不夠。需要為『下次』生還做好準備。」

「欠這麼多啊。」桃乃一付不敢置信的臉。「話說，遊戲獎金有多少？」

「第一次的話，大概三百萬。」幽鬼回答。

當然是日圓。說多不說，說少不少，很難斷言。以拚命來說感覺太少，以只是工作半天，不問學經歷，只要賭命就好來看，又覺得很多。無論如何，三百萬就是三百萬。

「連續參加很辛苦喔。」有經驗者如是說。

「間隔多長比較好？」

「還是因人而異啦。我的話，不休個一星期會很危險。可是間隔太久，身體又容易不聽話，所以我每個月至少一次。也就是說下下星期到下個月之間吧。」

「這樣啊。」

「金子呢？」

幽鬼對背後問：

「這次獎金夠嗎？」

「……」過了一拍，才回答：「夠。」

「那就好。妳回去以後想做什麼？」

「我想都沒想過。把欠的錢還掉以後……」經過一段思考。「怎麼辦，我不知道。」

毫無自主能力的回答。

明明在遊戲裡憑自身判斷做了那麼多事。不過幽鬼不覺得奇怪，因為她的自主能力說不定只會出現在既定的框架裡。紙上成績好，實戰差勁；能與同事上司融洽相處，和家人卻欠缺溝通；擅於死亡遊戲，生活能力卻近乎於零。

和幽鬼一樣，這是玩家的氣質。

「沒什麼好愧疚的。」

幽鬼提醒她：

「青井的事不是妳的錯，她是被遊戲殺死的。無論在法律還是倫理上都不能怪妳。妳大可抬頭挺胸，返回原本的生活。」

金子沒回答。幽鬼又說：

「我重複一次，妳可以不用那麼認真。適時投機懦弱一點，反而會增加妳的深度。是吧，桃乃。」

「為什麼問我？」桃乃一臉困擾。「那個，因為……在那種狀況下，本來就只能那樣嘛。」

真是誠實的發言，幽鬼不禁笑了。

那不是圓場的安慰，是打從心底那麼想。賭命的遊戲是人心的照妖鏡。像這個粉毛，救不了黑糖或青井，現在卻圓滿結束似的走在這裡；先前還互搶鑰匙，現在卻表現得像大家都是好朋友；原本想拋棄金子，現在卻想蒙混過去。幽鬼並不覺得這樣的一面缺德虛偽，需要清洗，只是覺得女生就是因為這樣才可愛。

「……是這樣的嗎。」

金子喃喃回答。

「嗯，就是這樣沒錯。」

「那我回去以後……我要努力變成那樣。」

對話就這麼告一段落。

四人抵達看似出口的門前。

那是一道雙開大門。幽鬼照例先上去查看，抓住左右門把用力一推，動也不動。試著拉拉看，同樣沒感覺。

幽鬼抬頭查看。

門上橫列著三個燈。

（21／23）

門上的燈，會讓人聯想到電梯的樓層顯示器。

不過她們才剛搭過電梯，不太可能需要再搭一次。兩個燈已經亮了，不難看出讓最後一個燈亮起，這扇門就會打開。

而最重要的是——

三個燈的形狀，都是打叉的「人形」。

「——！」

有人倒抽了一口氣。

如同行人號誌燈的三個人類剪影並排在一起，兩個已經亮起，自然會覺得再亮一個門就會開。

所以——

所以那是什麼意思呢？

「哈！」

桃乃輕蔑一笑。

「話不能說得太早吧？又不是因為是人形就要『那樣』，這次應該也有其他滿足條件的方法吧？」

她說完還眨了眨眼，可是幽鬼沒有回答。

「會不會是障礙的數量呢？」

紅野接著說：

「六角形房間和剛才的電梯，剛好兩個，也就表示我們還要再過一關吧。會藏在這個廳裡嗎？」

不會的。幽鬼心想，六個人的小型遊戲有三次障礙未免太多，與燈號打叉的連結又很薄弱。遊戲會欺騙玩家，但不會誤導。燈的形狀，必然有相對應的意思。

意思是什麼呢。

只有一個適當的解釋。

幽鬼沒有立刻採取行動，是因為有個新的疑問。遊戲存活率一般大約七成，現在這樣設定太嚴。不過她很快就得到解答。這場遊戲幾乎是新手，新手的存活率本來就比老手低。若只看個人存活率，六個之中有三個能夠脫逃，其實不算嚴苛。玩家平衡的異常果然跟幽鬼想的一樣，是有意義的。現在連懷抱已久的疑問都解開了。既然一切都有了答案，感覺沒必要再去尋找其他解釋。

整顆心瞬間降到零下。

幽鬼，將金子扔到了地上。

「呃……！」

金子仰翻在地，看幽鬼的眼神一半是困惑，一半是善意解釋，希望她只是一時失手，沒有責難。幽鬼心想她真是個好孩子，將拐杖指向那純真的臉龐。

然後，壓下自己的重量。

嘎吱一聲，有道能用滿滿濁點表現的聲音。是從金子的脖子發出的。她的脖子，好像粗魯一點就會折斷的脖子，折斷了。因脫水而虛弱到極限的她，沒有任何像樣的抵抗，連聲音都出不了。沒有造成外傷，所以連「防腐處理」出動的份都沒有，只用了幾秒鐘時間、幾公斤重量，金子就死了。

第三個燈亮起。

門自動打開，氣壓變化使一陣清爽的風灌進來，明暢的藍天與青翠的庭院從門後現身。踏出建築等於破關，是這遊戲的不成文規定。到了庭院，隨便找個地方躺就行，很快就會有員工來接人。再一下就好。挪動拐杖和腳之後，幽鬼注意到只有自己的腳步聲而回頭。

只見兩個女孩呆若木雞。

帶著無法置信的眼神。

完完全全，就是見鬼的臉。

出了建築，破關了。遊戲結束以後就能說了，規則就是這麼定的。於是幽鬼垂下視線，穩穩定在無法再說話的金子身上。

然後說：「抱歉。」

（22／23）

她沒有騙人。

真的是以讓最多人破關在努力。儘管說客套話也算不上成功，然而她的確是發自內心地以此為目標。殺害金子是萬不得已，因為她明白了這場遊戲非得死三個人才會結束。

選她，不是因為好下手。

也不是因為她曾有過死意，或是特別厭惡，就只是因為她最近。幽鬼曾規定自己，若在遊戲中遇到必須殺人的狀況，就選最近的。這是為了盡可能減少猶豫。規定會帶來力量，給予她勇氣去親手殺害自己曾經幫助、鼓勵的人。

到頭來，她還是沒趕上倒垃圾的日子。

幽鬼被員工送上救護車後就失去意識，醒來時已經回到公寓了。拿起枕邊手機一看，時間是星期五中午。她無奈地設定三分鐘倒數，閉上眼雙手合十。

這是遊戲後的儀式。

一場祈禱。

她不懂宗教，純粹是自創的。祈禱或許不是個合適的詞。對於在這次遊戲中殞命的少女們，她沒有道歉，也沒有傷悲，就只是將她們放在心裡三分鐘。

這很荒唐嗎？

為自己殺害的人祈禱，很荒唐嗎？

但至少在幽鬼心中，這並不矛盾。她隨預設鈴聲睜開眼睛，關閉倒數計時器，拋開手機，脫光衣服查看全身。沒有傷痕，肢體動作也沒有任何障礙，確定自己的身體已經修復「萬全」。這是第二重要的儀式。

她續以兩條腿站起，做第三項儀式——打開房裡的雙開衣櫃。

裡頭百花繚亂。

最右側是啦啦隊制服，第二十七次遊戲用的。左邊是振袖，第二十六次的。再過去是學生泳裝、壽衣、軍服、體育服、旗袍等，最左側則是水手服。那並不表示那是第一場遊戲的服裝，她經常會抽出衣服回顧當時，整體順序是亂的。

幽鬼轉過身，女僕裝已折好放在枕邊。遊戲中的服裝，會在破關後送給玩家。在電梯前切得稀巴爛的衣服，現已完好如初。幽鬼心裡懷著謝意，將第二十八場遊戲的參賽紀錄掛在最右側。

第三重要的儀式過後，還有第四重要的。這次讓「觀眾」見到了她丟人的一面，所以這次會比平時長的感覺。她躺下來，用手邊的毛毯捲起身子，在溫暖中獨自開起這次遊戲的檢討會。

（23／23）

給新手玩家的遊戲指南

參加者（玩家）人數隨場次變化，可能上百人，也可能五名以下。遊戲長度也各自不同，可能超過一星期，也可能不到一小時。

遊戲規則也是次次不同，

唯一不變的只有會死人這點。

玩家需穿著特定服裝，同樣隨場次變化，大多偏向角色扮演類。由於遊戲會場內藏有許多架監視攝影機，很可能有「觀眾」在看。

若能活著完成遊戲，玩家就會得到獎金。獎金可能是來自「觀眾」的押注分紅，但無從證明。

玩家不得向一般人透露遊戲的事，或尋找主辦單位。只要遵守這兩條規則，官方便樂意提供最大限度的幫助。在遊戲中無論是斷手還是破肚，完成遊戲後都能復原。

2. CANDLE WOODS（第 9 次）

（0／43）

「別跟殺人狂打。」

過去，有人這樣教幽鬼。

「這行多得是些下三濫的人，肯定有機會遇到……絕對不要跟那種人糾纏，盡可能往避免交戰的方向行動。」

說得直白一點，那個人是她的「師父」。

在這種生命低賤的圈子，也會發生這樣的關係。任何老手都會有接受遊戲洗禮的震撼教育期，幽鬼也不例外。

「這跟遊戲經驗的長短、裝備優劣都無關。只要對方是殺人狂，我們就沒有勝算。」

「……這我不懂。」

幽鬼反駁道：

「我有過主動出手的經驗，也遇過好幾次需要與玩家戰鬥的時候。對普通人來說，我們完全是殺人狂了吧，沒勝算是什麼意思？」

「真的是沒勝算。有了錯誤的觀念，下場反而會更慘。妳的能力只能算是『求生術』，不是『殺人術』，力量的本質不同。就像漫畫家與插畫家、健美選手與運動員、格鬥家與黑道的差別。這個遊戲的目的不是殺人，而是生存，我們的心靈和身體都是往這裡特化。所以戰場一換，我們的能力就沒用了，誰也比不上專門殺人的人。即使是我們這樣的職業玩家，也打不贏暴怒殺來的業餘玩家。真的一點勝算也沒有，絕對別跟他們打。」

「如果非打不可呢？」幽鬼問：「只有這樣才能過關的時候怎麼辦？」

「那就完蛋了。」

師父答得十分乾脆。

「只能祈禱自己不要遇到那種事。」

（1／43）

幽鬼在熟悉的床鋪上醒來。

（2／43）

是熟悉的床鋪。

表示遊戲尚未開幕，證明自己仍在屋齡三十年，月租含管理費三萬五，離車站十五分鐘的鋼筋水泥公寓一〇七號室。幽鬼抱著如同從美夢中醒來的失落坐起。

周圍黑漆一團。

夜晚時分。幽鬼伸出左手，在地上摸索了兩、三次後抓住手機，按下按鈕後，螢幕發出光芒，她查看時刻。

顯示的是「2：07」。

往窗戶看，無窗簾遮蔽的窗外看不見什麼東西，除了零星街燈強調自身存在外一片黑暗。下午時間會顯示「14：07」，不得不面對現在是凌晨兩點的現實。

幽鬼試著回想之前的記憶。昨天，對，在傍晚打了瞌睡。由於昨天午飯吃得晚，血糖升高讓人昏昏欲睡，什麼也不想做，被子一蓋就睡了。距離現在約八小時，合理。

生活步調整個亂了。

幽鬼扛著沉重的腦袋站起來。

打開電燈。

展現這可怕房間的全貌。

可怕點一：綁起的垃圾袋數量比家具還多。三包可燃垃圾，五包塑膠垃圾。能稱為家具的只有一套寢具、冰箱、和貴重物品盒。連桌子都沒有，更別說平底鍋跟菜刀了。可怕點二：房間角落堆滿了紙箱。不是故意累積，是不知道這地區的紙箱該怎麼丟才好。可怕點三：房間四面牆都發黴了，不曉得怎麼處理。既然會自己長出來，那不就是拿它沒辦法嗎？如果生活能力好一點，黴菌就會自己閃邊去嗎？可怕點四：沒有運動服以外的衣服。這也是當然的，因為她本來就沒有，其他的都發黴扔掉了。穿運動服外出，周圍的眼光會讓她很難為情，所以幽鬼最近都只在半夜外出。除此之外還有地上散落著脫落的頭髮，不記得上次什麼時候洗澡等可怕的要素，數也數不完，就先在這裡打住。

肚子正在抗議。

吃點東西吧。打開冰箱，什麼也沒有。不是空空如也。只論內容物，倒是相當豐富。有長期忘了丟的空牛奶盒、不敢放在常溫底下而冰起來的空罐頭、不曉得什麼時候放進去的高麗菜、因窮人性格而捨不得丟的調味粉包、說不定開始有魔力的起司片等，畫面怵目驚心。幽鬼立刻關上冰箱，維持心理健康。

接著脫下睡覺用的運動服，換上外出用的運動服。

說個祕密，清潔度其實沒差多少，又同樣都是運動服，但幽鬼每次都會這麼做。連每天洗澡的習慣都沒有，卻給自己設下這種規矩。她赤腳穿鞋就出門了，有「防腐處理」，不會起水泡。

超商有五分鐘路程。

不知為何，走了五分鐘就不餓了，沒心情吃東西了。不過來都來了，又在店裡看見感覺好吃的冰棒，於是幽鬼只拿了冰棒就去結帳。掏出手機，電子支付兩百二十元。

然後在冰棒前呆站了一會兒。

「……？」

幽鬼往店員看，店員不解地看回來。

「啊，塑膠袋，麻煩了。」

對喔，已經要花錢買了。不主動要求，店員不會拿出來。上次說話大概是三天前，發音變得不太清楚，但意思還是能通。幽鬼再用手機付三元，提著袋子離開商店。

在夜路上，幽鬼從袋裡取出冰棒。她不會顧忌邊走邊吃這種事。一打開包裝袋，她才想到根本沒必要買塑膠袋，同時想起各種垃圾袋都快用完了，需要補買，便轉過身。物理距離不過是幾步之遙，但冰棒已經開封了，重新面對那個店員又不太好意思，這次就算了。幽鬼開始吃冰，吃得很開心。回程不到一半就吃完，把冰棍放進包裝裡再整個塞進塑膠袋，勾在指頭上邊走邊轉。過橋時，袋子不小心飛出去，還穿過護欄掉進河裡，馬上就順水流走撿不回來了。雖是不可抗力，扔垃圾進河還是讓她很有罪惡感。

這時她想起明天是丟可燃垃圾的日子，要把公寓累積的三袋可燃垃圾都清掉才行，可是一想到就覺得很煩。要是塑膠袋沒掉進河裡，或者——幽鬼編織著這樣的藉口，踏著鬱悶腳步走回公寓。

沒有進門。

因為有台車停在公寓前。

「抱歉這麼晚來打擾。」

駕駛座窗戶是開著的，裡頭有人說話。

是幽鬼的專員。

大概從第三、四次開始，幽鬼就有專員接洽了。所以配合幽鬼晝夜顛倒的生活，在深夜來接人。

「我是來邀請您參加『CANDLE WOODS』的。準備好了嗎？」

「準備好了嗎」是個怪問題。穿運動服，剛從超商回來的人，怎麼可能會準備好。但她已經習慣了。每一次都是穿當下的衣服接受召集，對方也就認為常態就是如此。

幽鬼也不想辜負對方的期待。

「對。請立刻帶我過去。」

她隨即這樣回答。

臉上還堆滿笑容。

（3／43）

遊戲開始。

幽鬼醒來以後，發現人在森林中。

（4／43）

是森林。

眼睛一睜開，葉隙間的陽光就照進眼裡。即使是爬不太起來的幽鬼，在這樣的日光下也得立刻清醒。她坐起來顧盼四周，很快就確定自己是在森林裡沒錯。

這是人工的森林。

不是人造林，是人工物的森林。像森林主題的咖啡廳，或重現古代森林的主題樂園特區那樣，被模造的森林圍繞著。

其實這是個小房間，大小與幽鬼住的三坪大公寓相當。牆壁與地面分別覆蓋了滿滿的樹幹與樹葉等模造物，但天花板完全沒有遮蔽，陽光從枝葉間照進來。那片藍天不像是假的，大概是真正的陽光。

房裡沒其他東西，只有幽鬼一個。她在一地葉子中沙沙站起，把自己好好地看過一遍，然後——

「哇……」

發出這樣的聲音。

幽鬼穿的是兔女郎裝。

見過實物的人或許不多，那是據說常在賭場或夜店出現的服裝。裝了兔耳的髮箍，衣服只有法式袖口、假領、領結，和身體曲線強調至理論極限的抹胸緊身衣，一點也不便於行走的高跟鞋，兩條腿都暴露在外。

說起來，這樣比全裸更羞人。

幽鬼拍著裝在屁股上的白色毛球，又「哇～」了一次。

這次服裝真是糟透了。玩家服裝變來變去，都或多或少與角色扮演相關，不過玩家的心情卻會隨服裝產生巨大差異。這是有史以來最排斥的一次，上上上次的學生泳裝還好一點。認真問，「觀眾」真的喜歡看這種東西嗎？沒什麼服裝能像兔女郎裝這樣凸顯現實與虛構的差別了。幽鬼看不見自己的全身，傷害還算輕微，但裝在這房裡某個角落的攝影機應該記錄到了相當驚悚的畫面。這樣沒問題嗎？說來這遊戲又更糟糕，沒問題嗎？

幽鬼離開房間。

走廊很窄，大概只有幽鬼肩寬再加十公分。且每隔幾公尺就有一個轉角，令人聯想到鄉下遊樂園常見的巨大迷宮。在幽鬼的偏見中，這活像是把泡沫經濟時代的遺物改造成了遊戲舞台。怎麼說呢，能聞到濃濃的欲望。

幽鬼繼續在迷宮中前進。這種迷宮，有個叫左手法則的必勝法。只要一直沿著左邊牆壁走，遲早會抵達終點，連沒學問的幽鬼都知道。可是這次沒那麼做，因為已經看見目的地了。

應該說聽見才對。在迷宮裡沒走多久，幽鬼就聽見模造森林的自然聲響中，夾雜著學校朝會前、電影開映前那種群眾嘈雜。音量這麼大，那這場遊戲——一見到「那裡」，幽鬼就知道自己猜對了。

那是個大房間。

裡面有幾百隻兔子。

（5／43）

房間與先前的走廊截然不同，非常廣大。

大成這樣，說房間或許不太合適。該說是廳或場吧。總之這大到不行的空間，容納著大概有一所小學的兔子。

不是真的兔子，是人扮的兔子。和幽鬼一樣，都是衣不蔽體的女孩。可是在幽鬼看來，大家穿起來都很適合，成了一隻隻漂亮的兔子。是只有自己不適合嗎？還是像青春期的瀏海一樣，其實在旁人眼裡一點也不奇怪嗎？幽鬼祈禱實情是後者，進入房間。

有幾隻兔子往幽鬼看來。由於幽鬼睡得沉，每次遊戲開始時總是遲到，在眾多玩家注視下進場。幸好只有少數人注意到她，要是所有人都看過來，一定尷尬到死。幽鬼無視視線，鎖定一隻兔子走過去。

對方坐在房間深處，當然是模造物的殘株上。

「師父早。」幽鬼對那名玩家說：「實在很不搭耶。」

那是隻白兔子。

頭髮就是白的了，棉花糖般的波浪白髮。皮膚也很白，或者說沒有血色的感覺。腰身已經很纖細了，又受到兔女郎裝的凸顯，但幽鬼知道那不是瘦弱，而是削去贅肉的結果。

她叫白士。

幽鬼的師父，這遊戲資歷最老的玩家之一。

「妳還不是一樣。」

白士低聲說。只有音量小，但聽得很清楚。

「三個月不見了吧。怎麼樣，沒帶傷上陣吧。」

「是啊，沒有。一切都很好。」

「這次多少了？」

「六七八吧，應該還沒到十。」

問的不是錢，是遊戲次數。

「妳也該記起來了吧。」師父皺起眉頭。「到底要我說幾次，要做好遊戲記錄。」

「有什麼關係，都很順利啊。」

「長期來看，這樣不行。撐不過三十次喔。」

「那師父妳現在是第幾次？」幽鬼硬轉話題。「既然三個月了，又多了三、四次吧？該不會已經九十九次了？」

「沒有。」白士蹺起長長的腿。「這才九十六次。上次參加是那個……泳池那次。」

「……妳很不急嘛。」

幽鬼歪起了頭。「泳池那次」指的是幽鬼三個月前參加的遊戲，意即白士連休了三個月。

「我想小心一點。」白士答道：

「都只剩四次了，要是死在準備不夠上，我死也不會瞑目。」

說沒有異議，就是說謊了。

幽鬼認為，保持固定節奏比調養身體更重要。這種賭命遊戲所需要的感官，無法在日常生活中磨練，避免脫離太久比什麼都重要。經過很長一段空白才復出，第一場就喪命的玩家是不計其數，白士自己應該也很清楚。

但幽鬼只回答：「這樣啊。」不打算批評師父的判斷。

「那這樣感覺準備夠充分了嗎？」

「天曉得，在結束以前都不會知道。」

白士視線投向遠處。那裡倒了一個大概是狸貓的吉祥物模型，肚子已經開了個洞，露出電子零件。

「那是什麼？」

「解說員。我跟好幾個人一起把它打爛了。」

解說員不是每次都有。

這應該是幽鬼第三次遇到。當遊戲規則複雜，難以給予簡明指示時，就會在一開始設置一名解說員。不知是誰規定的，解說員都不是人類，也不是單純的聲音或文字，都是那種可愛吉祥物。

「很勇敢耶。對那種東西出手，一般會先殺雞儆猴吧。」

「如果那是烏龜或大野狼，我大概就不會拆了，誰教它是狸貓。說不定有藏東西。」

「……？狸貓就可以拆嗎？」

「咔嚓咔嚓山就殺掉啦。所以兔子不怕狸貓。」

「咔嚓咔嚓山是這種故事喔？」

「結果沒找到什麼有用的東西。」

完全是不敢恭維的反應。「……這次是怎樣的遊戲？」幽鬼問。

「說穿了就是鬼抓人吧。我們『兔子』，只要能活過一星期就過關。『樹墩』——也就是『鬼』，只要在這一星期裡殺掉五隻兔子就過關。雖然狸貓沒說，但我想『樹墩』應該會收到某些裝備吧。」

「樹墩？怎麼不是生物？」

「但還是殺得死兔子啊，妳該不會不知道吧？」

「知道啦。」

無知的幽鬼當然不知道，這是逞強。

「還沒開始的樣子嘛，什麼時候開始？」

「沒有明說，大概六小時以後。」

「怎麼說大概？」

「那裡有時鐘。像是會裝在炸彈上的紅色電子鐘。」

幽鬼順白士的拇指望去，時鐘埋在兔浪裡看不見。

「看到了吧，再過六小時就歸零。」

「人太多沒看見。」

「自己過去看一看。」

「人超多的耶。這樣是多少人？」

「『兔子』有三百人，『樹墩』有三十人，連我也不曾見過規模這麼大的遊戲。」

當然，幽鬼也沒見過。別說三百人，人數上百的她也幾乎沒見過。

「真虧他們能找來這麼多人。大半都是新手吧……」

「不，不是那樣。新面孔大概只有那一群而已。」

白士用下巴指示「那裡」。房間一角，有個大約三十人的小團體，可說是新手團。

「其他我大概都看過。雖然沒有特別注意，不過這個遊戲的『常客』超過兩百個的樣子，真沒想到有這麼多。」

「就是啊。想不到會有這麼多人為了區區幾百萬獎金來賭命。」

「妳還敢說人家。」

譬如，向地下錢莊借了錢。

或是遭人討贖金，或是需要養孤兒院的小孩等，外行人多半會以為參加這遊戲的人都抱有急需用錢或有實際需要之類誰都能理解的原因，但並非如此。「只玩一次」的人，或許多是此類。然而在這個拿來當工作實在太不划算的遊戲裡，「常客」都只能說是腦袋有問題。最常聽說的，就是想嚐嚐生死關頭的滋味。有的人是在自殺前當紀念參加看看，有時也會出現喜歡來這裡合法殺人的殺人狂。然而能舉出這些原因的還算好，真正令人難以置信的是，有很多玩家是在不知不覺中就留下來了。

幽鬼就是其中一個。

不是沒有理由。她缺乏社會能力，難以就職，卻有能夠勝任這種遊戲的自負，又認識幾個像白士這樣的人，所以待得很舒服。對於遊戲本身，她也覺得有趣。可是每樣很薄弱，算不上什麼根據，全部加起來也很弱。不管怎麼看，都只能說是腦袋有問題。人往往最不懂自己的心，比自家冰箱還要混沌。

若要找個強烈一點的詞來形容，就是自暴自棄吧。

缺乏求生意志。

都是以大口吞下安眠藥的心情參加遊戲。

「師父才是最難懂的吧。」幽鬼說：「九十九次啊？成功了也沒有獎盃或獎金吧？」

「對啊，就只是個新紀錄，而且還不保證是新紀錄。我只是聽說最高紀錄是九十八連勝而已。」

「這樣妳還想破紀錄喔。」

「我想要目標嘛。」白士站起來。「妳遲早也會懂的啦。」

幽鬼沒回答。

九十九連勝紀錄。

這似乎就是師父追求的目標。常客組的動機已經很難令人起共鳴了，這莫名程度又硬是高出一截，光難度就很扯。在存活率七成的遊戲裡，連勝九十九次。幽鬼沒認真算過，但那機率大概跟天文數字有得比。危險度當然也不在話下，紀錄一斷就等於死，到底是哪裡有動機讓她這樣賭命。而且她剛才也說了，紀錄的可信度令人存疑。其他人可能都還沒到達九十九次，反過來說，師父目前的九十五次也許已經是前無古人了。幽鬼認為這很有可能，如此一來自己的師父就是個披著人皮的笨蛋了。

不過，目標就是目標。

光是有目標，就比幽鬼強了。她絲毫沒有嘲笑白士的意思，相反地，還有種自卑感。幽鬼對於自己無法對她立定目標向前邁進的心態產生共鳴，感到非常可恥。

目標再可笑也無所謂。

總比不知為何活著的自己強。

（6／43）

後來。

白士成了兔子的領導。因為在兩百多名常客之中，沒有人經驗比她更豐富。

兔子開起了作戰會議。遊戲規則是鬼抓人，可是考慮到為期一週，想完全躲過

「樹墩」似乎不太現實。如果三十名「樹墩」都達成殺害五人的條件，等於三百名兔子中會有一五〇人死亡。直觀上，存活率不到五成。

因此，自然會有主動出擊的想法，要搶走官方可能會提供給「樹墩」陣營的武器反殺「樹墩」。殺得愈多，兔子陣營的生存人數就能愈多，存活率愈高。如果能殺死所有「樹墩」，理論上甚至可能在兔子零犧牲的狀況下完成遊戲。那就是這場遊戲的最高分，兔子陣營最理想的勝利。

這個計畫的問題在於，得有人先去挑戰持有武器的「樹墩」，誰會接下這種角色呢——幽鬼雖這麼想，但實際上白士等大半常客組都自願了。因為一旦奪得武器，兔子的存活率就會高漲。對「樹墩」而言，再怎麼樣也沒必要忽略空手的兔子，特地挑有武裝的來殺。奔向危險，反而能提升存活率。的確是很有常客感的危險戰略。

幽鬼沒有選擇這樣的危險戰略，她覺得這交給老手就好。選擇不與「樹墩」戰鬥的慎重派玩家及新手組，都決定留在大房間裡。幽鬼看著白士所率領的積極派兔子討論在迷宮中行進的陣形，茫然想著與遊戲沒什麼關係的事。

服裝的事。

已經知道兔子陣營是兔女郎裝了。

那「樹墩」究竟會穿成怎樣？

（7／43）

遊戲開始。

萌黃在森林裡醒來。

（8／43）

對萌黃來說，這遊戲讓她最難受的是剛開幕那段時間。

因為腦袋總是轟隆作響。就像午睡太久，或熬夜的第二天早晨那樣，責備她睡眠不當似的頭痛。她將原因歸咎在麻醉玩家的藥品上。不知是與萌黃相斥，還是大家都一樣頭痛，只是忍住了。她每次告訴自己要問問其他人，但每次遊戲開始以後都是匆匆忙忙，沒時間問，這次也一樣會忘記吧。於是萌黃死心地睜開眼睛。

遊戲開始。萌黃在森林裡醒來。

她很快就注意到這不是真的森林，因為背部的平坦觸感只會出現在人造物上。隨她起身，幾片模造葉舞上空中，觸感像玻璃紙。

這是個模仿自然環境的房間。

有教室那麼大。

會想到教室，是因為還有幾十個人。每個人都和萌黃一樣，是十幾歲的女孩，也就是國高中生。沒有根據，但她就是知道。在這個國家，高中以下與大學生至社會人士之間，氛圍有著明顯的差別。

除萌黃外，所有人都是站著，視線都指向她這個最後醒來的貪睡蟲。萌黃尷尬地打招呼：

「……大家好，我是萌黃。請多指教。」

幾顆腦袋有了回應。

「那個……我是最後一個吧，規則講解過了嗎？」

萌黃用聊天語氣詢問，想帶出對話。

不料事與願違，女孩們的反應不太好。

「那個，妳們怎麼了？」

萌黃請求反應，但仍然稀薄。

覺得奇怪的她掃視所有人。大概三十人——含她自己正好三十人。就像新學期新班級那樣，摸索如何適從的氣氛。這三十個人，都還不習慣這樣的狀況。

這讓萌黃有個假設，而假設讓她無法忍住不問。

「——難道、難道妳們都是第一次？」

沒有反應。萌黃改口問：

「……那個……妳們是還不曉得自己為什麼在這裡嗎？」

女孩們看了看左右。

那是在窺探他人的反應。在那之後，她們前後不一地點了頭。但無論動作如何拘謹散亂，都一樣是表示肯定。

都沒經驗。

都是新手。

惶惶窺視萌黃，徹底的外行人。

「……！」萌黃抱起了頭。「這下糟了……」

「那個……」

有人舉手。「什麼事？」萌黃問。

「妳問我們是不是『第一次』，表示妳有過經驗嘛。所以妳知道這是什麼狀況嗎？」

「……知道。」

萌黃側眼看了看她。

「不過呢，應該不用我說，大家其實已經都知道了吧？把青春期的妄想加倍，得到的就是答案了。在這裡的人都看過一次那種片子吧？」

那名女孩不說話了。「這可不是電影的造勢宣傳，或是整人節目喔。」萌黃補充道。

她重新環視房間。

除了仿製森林外，房裡還有兩個令人注意之處。

一個是通往房外的門。只有那裡是粗重的鋼鐵，一副此路不通的樣子，也確實上了鎖。門邊有個小液晶螢幕，顯示的紅色數字每秒都在減少。第一眼時是「06：12：56」，暗示六小時後有事發生。

第二個是擺在房間角落的吉祥物，高約一公尺的樹上有張老人的臉。風格與周圍不同，完全不掩飾人造的痕跡。萌黃猜想這多半是「解說員」，用摸頭的動作觸碰其頂部。

一陣笑聲。

吉祥物播出電子音效。

（9／43）

接下來，是樹說明內容的概要。

這是因為遊戲解說員的話總是又臭又長。包含挑釁玩家、拐彎抹角、刺耳尖笑，以及其他令人不快的各種言論。萌黃認為照單全收太痛苦，所以升起腦內濾網，放掉了八成，剩下的排列如下：

這場遊戲是「鬼抓人」，她們是鬼。門邊的倒數結束後，遊戲便正式開始，要去殺門外三百隻「兔子」。遊戲為期一週，每人必須殺死五隻兔子。鬼——解說員稱作「樹墩」——要是無法滿足條件，會被植入體內的某個東西殺死。

然後是細則。過關條件部分，每一個「樹墩」是分開判定，意即這不是團隊行動。要互相幫助是可以，但別忘了每個人是各殺各的。只有殺兔數會影響過關，「樹墩」之間互相殘殺或是「兔子」之間互相殘殺沒有任何好處。多人協力殺害一隻兔子時，只有造成致命傷的「樹墩」獲得計數。觸碰解說員，便能得知自己殺了多少隻兔子。另外，遊戲只會在一週後結束，滿足過關條件的「樹墩」也必須等到那時候。最後是提醒小心兔子陣營報復。

說完以後，有面牆翻轉過來。

牆後掛著三種武器。

一種是牽牛花造型，有喇叭狀槍口、彈巢、扳機和擊錘。尺寸迷你，適合女孩持用。話說牽牛花的種子好像有致幻成分，那麼從這把槍射出去的東西，多半也會讓人失去意識吧。萌黃拿起來體會一下，發現握起來感覺很熟悉，肯定是過去遊戲中流用下來的。印象裡有八顆子彈，不能換彈匣，一次打完就沒了的設計。

第二種是竹葉造型。某個歷史偉人用竹葉戰鬥的故事好像是虛構的，不過這個是真的能砍人。葉長逾十五公分，重量和真的竹葉一樣輕。揮一下，帶出悅耳的削風聲，給她一點點想在實戰中試試威力的缺德想法。

第三種是松果造型。有手掌那麼大，沉甸甸的重量凸顯了它與前兩者的差異。整個塗成褐色，是為了維持松果的感覺吧。頂端的插銷是以透明材料製成。既然是松果，應該很會燒吧。不過在這個沒有遮蔽物的房間裡，萌黃連試都不想試。

全都是森林一族。

全都是毫不留情的紮實威脅。

每樣共十個，總共三十。一個人拿一樣的意思吧。

萌黃把十把竹葉全部拿起來，往「樹墩」女孩一把一把扔。有人漂亮接住，有人撿刺在地上的。無論如何，沒人不知道那是真的刀械，每一扔都會激出一些尖叫。

「其他兩個有人想看嗎？」

萌黃指著牽牛花和松果說。

沒人回答。萌黃當那是沒必要試的意思。

「剛才那棵樹講的，全都是真的。」萌黃繼續說：「再過六小時，那扇門就會打開，遊戲開始。我們非得在一星期以內殺死五個人不可。」

沒有反應。萌黃不予理會，繼續說：

「兔子總共有三百人，我們則是三十人。就算所有人都達成條件，也還剩一五〇人。只要努力一點，我們都能活下來，一起加油吧。」

——加油。

這樣答覆的人一個也沒有，有的只是陌生人聚於一室時的尷尬沉默。

一名「樹墩」舉了手。「什麼事？」萌黃問。

「……真的不是整人嗎？」口氣忐忑不安。「該不會就是妳安排的吧？那個，因為這樣很奇怪嘛，就只有妳一個知道這是什麼狀況。」

「…………」

完蛋了。

萌黃有此感想。

可以應用到關於現況的種種。在這個三十人裡有二十九人第一次參加的情況下，要讓這些女孩明白這遊戲實際存在，實在太困難了。的確，如果萌黃與她們立場對調，同樣也不會信。要獨力說服她們近乎不可能。

就算成功說服，也只是站上起跑線而已。這是「兔子」與「樹墩」組成的對戰遊戲，怎麼也不像是新手光靠團結就能殺出生天。而且這邊是「狩獵方」，更加糟糕。和只管逃跑就行的兔子不同，必須主動出擊才能存活。

要丟下她們自己玩嗎——

萌黃心裡浮現這樣的想法，可是這樣行不通。在這個遊戲裡，單獨行動更危險，甚至可說是魯莽。

解說員說得像是「兔子」只會單方面被獵，但沒有這種事。萌黃明白，這場遊戲的本質是「互相廝殺」，兔子命危時必然會掙扎，難免會發生奪走武器而反殺的事。解說員沒有提過任何有關保護「樹墩」的規則，「樹墩」一樣是被殺就會死。而且——別說反擊，會積極進攻的兔子應該有很多才對，畢竟「樹墩愈少」，能存活的兔子就愈多。這種遊戲的玩家，都偏好往危險的方向想。這是萌黃從她兩次遊戲的經歷學到的事。

萌黃的實力可沒堅強到能夠和兔子陣營獨力對幹並活下來。現在這樣高高在上地主持，其實也只是第三次參加。只是請可敬的「導師」貼身指導過這遊戲的訣竅而已。儘管擁有武裝優勢，單獨跟八成會利用三百人人數優勢的兔子周旋，實在太過胡來，她們這邊也得利用集團的力量不可。

可是帶領一群烏合之眾也是枉然。至少得讓她們理解這是需要拚命的遊戲，技術再拙稚也要懂得使用武器，奪去人命才行。萌黃得在接下來六個小時裡，將這群「樹墩」少女帶到那種領域。

不擇手段。

所幸她已經有想法了，因為她也曾經是在短時間內被逼著習慣遊戲的人，將導師所指導的殺人方法拿來用就行，問題只在於有沒有這個決心罷了。真的，真的要在這裡做「那件事」嗎。心臟不知不覺跳得好厲害。萌黃以女孩們看不見的角度手扶胸口，略有茫然地調整情緒。

然後，拿起一把牽牛花。

「我們時間不多。」

然後面向烏合之眾。

「我不會再嘗試說服了。自己看，自己感受。」

然後隨便找個女孩瞄準。

開了三槍。

（10／43）

果不其然，種子射了出去，擊穿了隨機女孩左腳、右腳和身體。「防腐處理」今天依然活躍，每個彈孔都湧出一團團白色棉花。雖然血很快就因此止住，雙腳中彈的她也站不住了，當場跪倒，地上的葉子吸收了部分衝擊。

慢一拍後，她嬰孩似的哭了起來。

聲音沒那麼大。就像是實際的槍聲沒電影那麼大一樣，現實的嗚咽差不多就是這樣而已，萌黃很輕易就能蓋過這聲音。

「殺了她。當作練習，所有人一起殺她。」

「樹墩」的臉色全都是一個樣。

萌黃又隨便找個女孩舉槍。「妳叫什麼名字？」

「咦，樺、樺子。」

「好。樺子，不想吃子彈的話就趕快捅她。」

萌黃看著她握在右手的竹葉說：

「用那個捅她。每個人要刺兩次，一定要刺得夠深，超過刀身的一半。位置呢，當然最好是要害了。」

「呃……那個……」

「不敢刺的話只有死路一條啦。」

萌黃不耐地說：

「聽好了，這可不是狩獵兔子的遊戲，是跟兔子廝殺的遊戲。『樹墩』死得愈多，能存活的兔子就愈多，所以她們一定會來要我們的命。像妳這樣拖拖拉拉，只會被兔子搶走武器然後殺掉而已。這樣不是危害到我，是危害到整個團隊。一定要練到能夠刺得毫不猶豫才行。」

都補上這麼一大段解釋了，樺子依然畏首畏尾。

再幹掉一個好了。

這麼想之後，萌黃砰砰砰了，三發都擊中身體。樺子傀儡斷線似的倒下。大概是有好幾個女孩同時倒抽一口氣，有漏風的聲音。

「看到了沒。」

萌黃說：

「少五、六個都無所謂，我還能繼續。」

萌黃倚上陳列三種武器的牆。

「二十五個抱過佛腳的，總比三十個純新手強。我必須讓妳們儘快習慣殺人才行，一點犧牲是可以接受的。」

所謂萬事起頭難。

因為自己將不再是過去的自己，從不會的人變成會的人。第一次的意義，不只是做那件事而已。手遊開局送連抽、各種電子支付能夠打到誇張折扣、外送App附贈上千優惠券，都是這個道理。一旦跨過第一次的門檻，就嚐過它的甜頭了。殺人這行為，也脫離不了這個法則。所以萌黃該做的事，就是製造環境，堆起能讓她們義無反顧跨過門檻的台階。

事先削弱獵物。

再以牽牛花要脅。

然後慫恿幾句。

「妳叫什麼名字？」

萌黃的牽牛花第三次指向女孩。這次，她挑了個看起來比較冷靜的。經過一秒時間，對方回答：「……我是緋川。」

「這兩個妳自己挑，快捅。」

這種決定畢竟不是那麼容易下。

「妳要當哪邊？」萌黃接著說：「妳要像嬰兒一樣在地上哭，還是拿起武器求生？」

這是所謂的偽二分法。

給予兩個極端選擇，使對方無法考慮其他選擇的話術，詭辯。但她就是想說說看，因為她已經決定用盡一切手段。

「我給妳三秒。一、二──」

並沒有三。

緋川反手握持竹葉，刺進了樺子的大腿。

哀嚎的電壓變強了。等到結束，萌黃才說：

「好。再來一次。」

這次一也不用數。第一次的十公分旁，又多了一道刺傷。叫聲比先前小。這現象也為萬事起頭難做了佐證。

「好，那妳愛把竹葉給誰就給，換她來捅。」

緋川照做，萌黃舉槍。「我給妳三秒。」

（11／43）

指導進行得很順利。

風向一變，再來就簡單了。問題就只有「我給妳三秒」說太多次，變得怪腔怪調。且儘管過了那麼多人次，被捅的都是樺子。另一個——萌黃最先射倒的一刀都還沒捱，樺子就已經死了。這就是每個人都模仿前一個的結果。捅屍體算不上殺人，於是萌黃又指示：「捅活的那個。」如此，女孩們又開始畏縮了。為了強迫她們變更目標，不得不再殺一個。

加上前兩個，總共三個。

只憑這樣的犧牲，就替「樹墩」上完基礎課程了。

這數字說少是少，萌黃原本就有犧牲五、六人的準備，也想過殺更多了。留二十人、十人，甚至兩、三人，一直殺到她們能進入狀況為止。只犧牲三人已經算走運了，萌黃對此也有那麼點慶幸。

但還是死了三個人。

萌黃沒有當作讓二十六個人活了下來，而是殺了三人。儘管造成致命傷的是其他「樹墩」，萌黃仍是主犯，不管哪個法庭都會這樣判決。殺了三人，還不是遵照遊戲規則，只是為了帶團隊進入狀況。不是一句膚淺的心在淌血就能算了，萌黃並不是沒有同理心的人，就只是個小市民。光是找零多了都會有罪惡感的小市民。沒辦法像導師那樣把殺人當呼吸一樣自然。頭好重，真想趁現在開個洞輕鬆一下。

但總之，這次是成功了。

是該好好讚賞自己。換做是不顧一切的強者——導師，一定也會做同樣的事，自己也做到了。萌黃為過去幾十分鐘的自己予以肯定。因為這就是她的目標，是她的悲願，要賭上性命，換取未來時時刻刻都能夠拿出這樣的表現。

成為不會猶豫的強者。

不顧一切的強大人類。

在那之前，死了也要爬回來。

（12／43）

「樹墩」原來是穿吊帶洋裝。

（13／43）

遊戲開始了。

房間的倒數計時器歸零的同時，還傳來監獄開門那種誇張的解鎖聲。兔子們按照事前計畫，以六人一組的陣形走進巨大迷宮。

有些兔子在遊戲開始前就把迷宮探過了一遍，但現在出現了幾個異處。有幾道牆壁不見了，還多了道偽裝成牆的門，先前的聲音就是它開啟的聲音。這讓兔子們感受到遊戲真的開始了。

門後同樣是巨大迷宮，路窄得兩人交會都嫌吃力，轉角多，視野窄，難以掌握究竟有多大。但根據事前調查，開門前的迷宮大概有半個足球場那麼大。再加上新開放的區域，也許正好就是一個足球場，以迷宮而言是充分過頭了。但不可否認，想撐過一星期，這樣恐怕還不夠充裕，凸顯積極排除「樹墩」才是正途。

另外，新開放的區域裡某些房間還設有飲食、衛浴等生活設備，足以存活一星期。不需要像真的兔子吃自己的屎，讓她們暗自鬆了口氣，接著繼續探索迷宮，尋找「樹墩」的蹤影。

「樹墩」穿的是吊帶洋裝。

既然叫「樹墩」，幽鬼想像的是幼兒園話劇那種樹木裝，結果差多了，居然是吊帶洋裝。黑色襯衫打底，褐色吊帶裙，胸口有綠色蝴蝶結。既然事前給出了「樹墩」這麼一個詞，倒也不是看不出那種感覺。整體是以腰帶截出上下兩半的款式，在學校制服也常見。穿的人年紀又是國高中生，沒什麼角色扮演的感覺，讓穿兔女郎裝的幽鬼十分羨慕。

「樹墩」和兔子碰面了。

這表示遊戲真正開始。兩隻兔子的死亡，換來活捉一個「樹墩」。

（14／43）

「哈、啊哈哈、哈啊……哈啊、哈啊！」

一連串的笑聲。

但斷斷續續。一直都是這樣。不僅是缺氧，也含有對於身在敵陣笑得滿地打滾的心理抵抗吧。

「哈哈、啊、哈啊！啊！」

那是拷問。

既然活捉了敵人，當然沒有其他選項。約三十隻兔子圍著一個「樹墩」，所有人都是白士所說的「新面孔」，即新手組。出不了前線，就把後方工作交給她們。

房間很大，就是遊戲開始時三百隻兔子集合的那個房間，現在是當作兔子基地。目前有一個「樹墩」俘虜，約三十隻新手兔子包圍著她，還有約四十隻選擇避免與「樹墩」起衝突的慎重派兔子，以及約十隻從迷宮回來休息的兔子，總共八十多隻。

幽鬼也在其中。

負責監管的她遠遠看著新手組拷問俘虜，要防止她們使用太激烈的拷問手段。經驗上，新手拷問往往會愈來愈暴力。如果那陣笑聲出現一點跡象，她就會立刻上前打斷，但目前都還滿可愛的，沒有問題。

「幼兒園的時候，男生經常這樣。」

幽鬼這麼說：

「過了這麼久，完全想不起來那有什麼好玩的。」

「小孩子在玩就那樣嘛。」

幽鬼往身旁的聲音轉頭。

那是名叫墨家的玩家。

她是遊戲的常客，幽鬼之前認識的。長相有種混過的煞氣，嗓子還被菸酒徹底磨過，一整個「壞人」的樣子。遊戲次數方面，記得上次見是第二十三次，算是幽鬼的大學姊。她和幽鬼一樣屬於慎重派，留在大房間裡。

「有效率的方法不是多得是嗎，搞得這麼累。」

「因為命令就是不要使用暴力嘛。」幽鬼回答。

幽鬼和墨家都是能手，知道幾種有效的拷問手段。也就是更快更痛的方法。不過那遭到兔子陣營的首領白士嚴格禁止了。看來那在多人遊戲中，並不是一件好事。會使得道德觀逐漸崩潰，乃至毀壞整個集團的紀律。

「而且妳最好不要小看那個喔。妳沒被那麼多人搔癢過吧？」

「是沒錯……」

墨家側眼看看幽鬼。

下一刻，她從幽鬼的視野中消失了。動作很自然，自然到無法反應。

再下一刻，幽鬼兩邊腹側都被她刷了一把。

「哇！」幽鬼跳了起來，就像兔子一樣。「墨家妳幹麼！」

「哈哈，真的是不能小看耶。」

不是一次就結束。墨家的手不僅沒離開幽鬼腹側，還扭動十指大抓特抓。

「應該沒錯吧。」墨家繼續對話。「畢竟是九五大神的意見嘛，聽一聽總是不吃虧。」

「真的很厲害耶……」幽鬼扭動著身體勉強回答。即使在這樣的狀態下，話裡仍帶有十足的敬畏。

這是白士第九十六次參加遊戲，也就是九十五連勝。

在幽鬼見過的玩家中，那是無可撼動的不敗紀錄。這遊戲的平均存活率是七成，要重複九十五次——這樣的計算對幽鬼來說有點困難，但至少知道這紀錄非常偉大，根本超人。六、七次或二十三次的紀錄跟她比起來簡直廢物，不過幽鬼和墨家其實都已經是高階水準了，墨家更是屈指可數的頂尖玩家。即使與她們比較，白士仍是另一個世界。一流分子眼中的天上人，那就是她的地位。

「豈止是很厲害而已，妳知道九十五連勝機率有多小嗎？」

「咦……？」幽鬼想了想。「不太曉得，千分之一左右？」

「差遠了，答案是五百兆分之一。」

實在太誇張了。「少騙喔。」

「真的啦，回去以後妳自己算。根本地球上找不到第二個，還是人類史上空前絕後的大天才，等級完全不一樣。我還在擔心能不能上三十咧。」

三十。這數字留在了幽鬼耳朵裡。上次遇到記得是二十三，難道她已經到了會在意三十的次數嗎。

幽鬼想問她這是第幾次，但還來不及說，兩腹側的刺激變強了。

「所以結果怎麼樣？」還改變了話題。「拷問有結果了嗎？有說了什麼嗎？」

「沒有……沒說什麼。」

幽鬼搖了頭。

「只問到，嗯，名字而已。」

「叫什麼名字？」

「那個，她叫做櫛枝，還有領導者的名字……那個，手可以放開了嗎？」

幽鬼拍拍腹側鹹豬手的手背。「真拿妳沒辦法。」聽她這麼說，幽鬼還以為她會整個人退開，結果只有手往前伸，也就是變成從背後抱住的姿勢。

「拜託喔。」

「有什麼關係，讓我抱一下嘛。現在第二十九次，我很緊張耶。」

原來二十九次了。

「所謂的『三十之牆』嗎？」幽鬼問：「那不是都市傳說嗎？」

——「三十之牆」。

與婚期無關，是指遊戲次數。玩家場次一接近三十次，存活率就會狂跌，是這業界數不完的神祕現象之一。一般來說，存活率是第一次最低，之後隨著經驗增加而愈來愈容易存活。但不知為何，到三十附近就會脫離這個法則。

「才不是都市傳說，不然怎麼會幾乎看不到超過三十次的玩家？完完全全是現實啦，『三十之牆』是真的存在。」

「會不會是官方在這部分搞鬼？讓人超過三十會很嘔什麼的。」

「這樣不對吧，出現明星玩家不是對他們比較好嗎。一定有其他原因，區分我這種普通老手和九五大神的真正原因。」

「妳覺得是什麼？」

「知道就不會這麼緊張了啦。」

對話結束。「原本是在聊什麼啊……」幽鬼問。

「拷問啊。只問出名字什麼的。」

「啊，對喔。『樹墩』的領導者，好像叫做萌黃。那個『樹墩』好像很怕她，再也不肯多說了。再問下去也問不出什麼的樣子。」

「怕？」

「恐怖政治啊。」幽鬼往後一靠。「看來那邊的領導者，跟我們這邊路線相反的樣子。」

那個「樹墩」──櫛枝，是個新手。

曾與「樹墩」接觸的兔子回報，當時也在場的其餘兩名「樹墩」也頗有新手的感覺。整個小隊都是新手很不自然，所以幽鬼猜想整個「樹墩」陣營大半是新手，甚至全部。於是「萌黃」這樣的經驗人士，或是潛力爆發而變成暴君，利用某些能散布恐懼的手段讓隊伍短時間上軌道。

「如果我是她，我也會那樣吧。要讓外行人趕快動起來也只能那樣了。」

「所以是怎樣？照白士的理論，我們這邊有集團優勢嗎？」

「是沒錯，理論上。」

對此表示同意之餘，幽鬼又說：

「但還是不能放心……就算有集團優勢，也不一定有遊戲優勢。那邊說不定藏有我們還不知道的武器。」

「目前是出現過兩種沒錯吧。」

「對。竹葉造型的刀，和牽牛花造型的手槍。很可惜，沒搶到牽牛花。」

「有第三種武器也不奇怪呢。」

「一般來說，手槍有比刀強嗎？好像有聽說什麼近距離怎樣怎樣，外行人拿槍也怎樣怎樣的。」

「不知道啦，我又不是專家。」

「那墨家妳怎麼想？」

「有好有壞吧。既然有『防腐處理』，刀子說不定稍微有利一點？比較好殺傷要害吧。」

墨家揮著手說。從姿勢推測，那是用空氣刀空氣殺人。

「還有那個，手槍是外行人或女孩子都能用起來的那種。」

「妳怎麼知道？」

「這個遊戲的武器基本上都是同一種，只是換皮而已。有八發子彈，不能補彈。仕女尺寸，我也能握得很順手。」

「妳這樣好像不太仕女耶……」

幽鬼邊說邊想。不能補彈，表示八發打完以後就只是個牽牛花。在應付「樹墩」上，這是個很重要的資訊。墨家說的「刀子稍微有利一點」，就是基於這個機能限制吧。

現在槍說不定改成十二發了，敵方也可能設陷阱，假裝打完了其實還有另一把。然而，記下來是有好沒壞。

「…………」

喔不。

或許也不盡然。

畢竟現在沒有幽鬼上場的份。能夠在死亡遊戲裡過得這麼悠哉，是因為經驗比幽鬼更豐富的玩家有這麼多。她們會與「樹墩」戰鬥，使戰況變得有利。幽鬼只要像幽靈一樣，站在一邊就行。不知道敵方武器的相關資訊也無所謂。

「奇怪？」

是墨家的聲音。

「她跑到哪去啦？」

墨家體重前傾，略為突起的胸部壓在幽鬼背上。「誰？」

「一個有焦糖色長頭髮的女生。應該在新手組裡面啊。」

幽鬼往新手組望去。她們圍著「樹墩」所以有一半是背對，但是憑髮色辨認並不難。

她發現一個褐髮的，指著問：「是她嗎？」

「笨蛋，那是褐色。我說的是焦糖色。」

「焦糖色是怎樣？」

「沒那麼濃，比較柔和的顏色。」

只憑這句話還是有點難想像，但總之，符合的人不在那裡面。

「會不會是看錯？什麼時候看到的，先前還在嗎？」

「一開始集合的時候，應該是在那一團新手裡沒錯。」

「會不會是有經驗的？那時候也沒特別要求說新手站一邊吧？」

「嗯……」墨家低吟起來。「是真的有那個人啦。」

還真執著。幽鬼心想。這只是一句「看錯了」就解決的事，就算真的有這個人，她也不曉得有什麼問題。

接著墨家說：

「幽鬼，去跟她們——」

話沒說完。

因為有人大聲打斷。

（15／43）

「所有人！」

只有名詞。

沒有「看這邊」也沒有「注意」，總之聲音很響亮，房裡所有人都轉了過去。

是來自大房間的出入口。

這房間沒有門，室內外是由一個門板大的空白直接相連。以休想越雷池一步之勢擋住那領域的不是別人，就是兔子陣營的首領白士。

從九十五次遊戲中生還的超人。

外觀毫髮無傷，右手握著剛提到的牽牛花。表示她與拿牽牛花的「樹墩」接觸過並且無傷擊倒，奪走了武器。然而即使有此戰果，她卻上氣不接下氣，而且還滿臉焦慮。

「所有人站起來！」

白士以那表情又喊：

「快逃！計畫全部中止！兔子裡有——」

（16／43）

萌黃被束手無策了。

力量的差距太明顯。

（17／43）

沒人知道該怎麼編隊才好。

萌黃沒有當過兵，也不是那方面的迷，瞎想的結果是三人一隊，因為太多或太少都不好。太少容易被人海戰術壓垮，太多會使個人失去主體性而戰力大減。三人感覺剛剛好。

她不知道這是對是錯。

但事實上，遊戲狀況始終是對「樹墩」不利。兔子陣營一如萌黃預料，積極進攻。開始才三十分鐘，第一個回來的小隊就回報櫛枝被抓走了，接下來只能用落花流水來形容。遊戲開始不到六小時，「樹墩」的總數已經低於一半，殺死的兔子卻是等量，或許略少。這樣一換一下去，哥布林也算得出來哪方會先全滅。

所幸「樹墩」全都打得很努力，避開了最慘的掛蛋。萌黃的「指導」獲得了一定程度的成功，已經是很努力了，但這個遊戲沒有努力獎。

再不儘快扳回劣勢，會死。

除了敗給兔子以外，到了這地步，自己人反而可怕。這世界可沒善良到會放任無能的領導者繼續作威作福。再加上這世上搞恐怖政治的都不長命，萌黃的人身安全危險到了極點。

怎麼辦？

該怎麼辦才好？

她在「樹墩」陣營的根據地，大家醒來的位置，一個教室大的房間。她靠在原先擺放三種武器，現在空空如也的牆壁，拚命思考。

強者在這時候會怎麼做呢。

不顧一切的強者導師，究竟會怎麼做呢，萌黃沒有頭緒——不，頭緒是有，答案就是一開始就別陷入這種狀況。如果能組成更強的隊伍，現在已經把兔子趕盡殺絕了。這就是答案。即使是導師，搞成這樣也無力回天，無藥可救了。從陷入不利的那一刻開始，就不再是強者了。無論拿破崙還是羅馬帝國，戰敗時都是一場糊塗。完蛋了，我已經注定是輸家了。

這樣的想法在萌黃腦裡打轉。

現在只能等待無可奈何的現實到來。

她是有生以來第一次打從心底害怕。步上台階的死囚、瀕臨破產的經營者、盼不到升職的勞工、四面楚歌而自殺的司令等，這些場面影劇裡都有，萌黃總是不懂他們為何不奮戰到底，現在懂了。就是這麼回事，等死的時間比死亡還恐怖。開始預期的瞬間，將產生真正的恐怖。

「那個……」

右手在抖。手上有牽牛花，「指導」時用的那把。第一人三發，第二人也三發，第三人一發，還剩一發。

腦中浮現不敢說的可怕想法。實際上是什麼樣呢？會死得一點感覺也沒有嗎？有「防腐處理」，口徑又小，說不定會很痛苦。但無論過程如何，結果都不會變吧。就算會很痛，說不定都比現在好。

於是萌黃慢慢將她的右手——

「那個！」

像是被潑了冷水一樣。

她赫然回神，抬起不知何時低垂的頭。

有個「樹墩」。

她叫藍里。人如其名，有對漂亮的藍色眼眸。她很快就適應了萌黃的「指導」，已成功殺死四隻兔子。

手上，握著竹葉。

萌黃心裡一怔，往壞處猜想。身體也因此不動了，連正在抬起的右手都停在怪位置，整個僵住。也不知藍里曉不曉得眼前這女子是處於可以任她宰割的狀態，只見藍里開口說：

「我有事要報告。」

萌黃花了三秒才回答。

她需要把飄上空中的靈魂抓回來。「……咦？」

「那個……我看到一件奇怪的事。」

身體恢復力氣，右手又能動作，敲上萌黃的胸口。

「……啊啊……這……這樣啊。」

「妳還好嗎？也沒有重要到要勉強妳聽啦。」

「不，我還好。怎樣？」

「我看到一個衣服被脫掉的屍體。」

藍里說：

「是『樹墩』的屍體，然後地上有一件兔女郎裝。也就是說……」

「有人換裝嗎？」萌黃搶先說。

規則並無禁止。

陣營不會因此改變，過關條件也照舊，但換裝仍是個人的自由。從羞人的兔女郎裝換成相對較好的吊帶洋裝，不僅有精神上的作用，更包含著戰術意義。要混淆雙方視聽。

「我們這邊只有三十個，換裝也不至於認不出來……但我覺得還是姑且需要跟妳報告一聲。」

「謝謝，這很重要。」

「還有，屍體本身也有點奇怪……」藍里手掩著嘴說：「就是，損毀得非常嚴重。應該都是死了以後搞的。」

「損毀？」萌黃重複她的話並問：「具體上是怎麼樣？」

「聽了可能會不太舒服喔。」

「妳就說吧。」

「她被開膛破肚了。」藍里描述的同時臉色一沉。「全部內臟都扯了出來。會是對面那邊有以殺人為樂的人嗎？就算有『防腐處理』，我也覺得那不是一般人會做的事。」

（18／43）

萌黃全身發寒。

不是因為藍里的報告可怕。不，這件事可怕歸可怕，但萌黃的恐懼是對於報告之外的事。

她以冰冷的唇問：

「妳說什麼？開膛破肚是說，像殺魚那樣？」

「……硬要比喻的話，就是那樣。」

「然後，衣服被脫掉了？」

「對。」

萌黃低頭看看自己的衣服。

那是以樹墩為形象的褐色吊帶洋裝，比兔女郎裝寬鬆很多。

她想起一件事。

「那個人」曾說自己不喜歡緊身的衣服。

很有可能，她很有可能會想換裝。

「被殺的是誰？」

「名字我就……」

「那她多高？」

「啊？」

「是不是一七〇左右？」

藍里表情疑惑地問：「為什麼問這個？」

「先別問。」

「……我想她算是高的，有沒有一七〇就不確定了。」

這下沒錯了。萌黃倚上了牆。

——她來了？那個人也來到這遊戲裡了？

既然她來了，又「那樣」殺了一個人，表示她已經——

「藍里。」

「怎麼樣？」

「馬上逃跑。」

藍里瞪大了眼，能看見整個美麗的藍眼睛。

「……喔不……不對……這樣過關會……對喔，不管的話，我們的份就……」

「那個，請問妳是什麼意思？」藍里問：「還有比一個兔子偽裝成『樹墩』更嚴重的事嗎？」

「抱歉，藍里，我已經不曉得該怎麼辦了……」

「所以到底是發生了什麼事！」

「別問了，快點躲起來！」

萌黃聲音大得很不自然，反作用力還使得她一陣虛脫，整個人當場垮下，但她仍然疾聲吼道：

「那個人殺人就跟在海裡溺水一樣！一旦開始就停不下來了！與兔子跟『樹墩』無關，再這樣下去，除了那個人以外誰也不會留下！」

可是那恐懼似乎連一半都進不到藍里心裡。

於是萌黃把話說得簡單一點。「就是說——！」

（19／43）

「兔子裡混進了一個殺人狂！伽羅色頭髮的女人！」

（20／43）

就在白士如此大喊後。

兩個東西飛過她頭頂。

兩個都是拳頭般大，有著松果的形狀。憑幽鬼的動態視力，那怎麼看都是松果，但有牽牛花與竹葉為例，那不太可能只是裝飾品。房裡所有人，包含新手組在內，想法都跟幽鬼一樣吧。

所有人都趴下了。

因為預想了爆炸。

猜對一半。爆炸確實是有，但並不致命。四散的不是熱風，也不是松果的碎片，而是灰白濃煙。濃煙急速擴散到從原本體積難以想像的廣闊範圍。才丟了兩個，就瞬間征服了能容納三百人的場廳。

視野，沒了。

相對地，聽覺變得敏感。

「唔！」

幽鬼聽見了這樣的聲音。以女性來說非常粗魯，所以幽鬼推測那是遇害的叫聲。因為腹部被刺之類，聲帶意外起顫所致。

腦裡冒出許多想法。

凶手是誰？被害者是誰？那會是白士的聲音嗎？被所謂的殺人狂幹掉了嗎？怎麼會。五百兆分之一的超人哪可能那麼容易就倒下。不，現在情況應該是這樣。扔出松果的應該就是白士說的「殺人狂」，那樣說是表示她已經被盯上了。怎麼會。九五大神不會犯那種錯吧。可是也沒有其他解釋了——

幽鬼拍拍自己的雙頰。

心裡大叫著：「不對。」想那些都沒有用，白白浪費了幾秒。遊戲經驗的薄弱整個暴露出來了。不，這種事不重要，不是現在該想的事。現在必須想現在必須想的事。此時此刻該想的事，最需要考慮的事。那是什麼？

——活下來。

沒錯，這不是當然的嗎。可是該怎麼做？——逃出這裡。好。現在聽從白士的指示比較聰明。可是妳怎麼沒那麼做？——因為煙霧。沒錯。還記得房間出口在哪裡，問題是「殺人狂」說不定就埋伏在那裡。那妳應該等什麼呢？——聲音。答得好。放濃煙是為了狩獵。只要在這裡等候，「殺人狂」又會殺人，到時候一定會有人叫，以此判斷是否安全。

或許倒楣一點，幽鬼自己就是那個被害者，但這已經是幽鬼在緊迫之中所能想到的最佳生存戰略了。

她一動也不動，靜靜等待。

品嘗一會兒躺在手術台上的感覺後——

「噢嗚！」

聽見了像是模仿海狗的滑稽嘔氣聲。

不是出口的方向，於是幽鬼全力起跑。

（21／43）

萌黃進入了巨大迷宮。

為了殺兔子。

（22／43）

迷宮簡直成了人間地獄。

每拐一個彎，就會遇見新的屍體。被牽牛花擊中面部的兔子。抱在一起倒地不起的兩個「樹墩」。大概是臨死前爬行了一段路，在走廊上拖出一串棉花的兔子。還有八成是死在「那個人」手下，內臟全被扯出來的「樹墩」。

巨大迷宮路很窄，有屍體就得跨過去。對於跨過人體的行為，萌黃有些排斥，因為有個迷信是這樣會長不高。即使是屍體，這樣的迷信依然存在。她實在很討厭容易對這種雞毛小事起罪惡感的自己。

弱者才會有罪惡感。

不可以被那種東西困住。

萌黃在巨大迷宮中走動，要找兔子來殺。這遊戲的過關條件，現在變得十分窘迫。儘管距離期限還有六天多的餘裕，但按照現況，很快就會沒有兔子可殺。

因為萌黃的導師，殺人狂伽羅出動了。

那個伽羅色頭髮的人動起手來，三百隻兔子根本不算什麼，兔子陣營很快就會全滅，「樹墩」陣營也是一樣。不僅是無法達成過關條件，即使不等到遊戲結束，也會被她連兔子一起殺得乾乾淨淨。

就是全滅，一個也不剩。

即使萌黃是伽羅的徒弟，也不敢保證安全。她非常了解自己的導師有多麼喜怒無常，很可能殺得眼紅就一起殺了。就算沒有，伽羅不知道萌黃在「樹墩」裡，不可能會留下五隻兔子讓她續命。

現在是一種變形的「不殺就會死」狀態。

要分秒必爭地殺死五隻兔子。

然而現況與鬥志相反，萌黃的殺兔數仍是掛零。不管再怎麼走，再怎麼跨，遇到的都是屍體。她還翻動屍體檢查是否死透，藉屍體溫度推測經過時間或選擇方向，但全都沒有幫助。

該不會，已經全部死光了吧——

這樣的想法膨脹到無法忽視的地步時，萌黃終於遭遇了活人。

不是兔子。

「啊……」

雙方都發出這樣的聲音。

是「樹墩」。還記得她叫緋川，是第一個通過「指導」的女孩。

「萌黃。」緋川放心地說：「太好了，妳還活著。」

「……」萌黃稍事沉默，答：「嗯。」

「那個，妳知道了嗎，兔子裡面有連環凶手之類的，遊戲快進行不下去之類的。我們要殺的分可能被她殺光之類的……」

話說得很怪，但萌黃還是能明白她的意思，答：「嗯。」

「我一個人很害怕，幸好有遇到妳。雖然情況變得很艱難，我們還是一起活下去吧。」

她說得好激動。萌黃答：「嗯。」

「那個……不過我有一個厚臉皮的請求，可以嗎？」

「怎樣？」

「我，現在沒有武器。」

緋川拔出吊帶裙口袋裡的牽牛花，扣動兩、三次扳機，沒反應。

「子彈都用光了。如果妳武器夠用，可以分我幾個嗎……」

「嗯。」

萌黃回答，將藏在背後的牽牛花拿到前方。

「一發夠用嗎？」

（23／43）

萌黃從緋川的屍體翻出竹葉和松果各一。

說沒有武器，根本鬼扯。她是想從萌黃那盡可能多騙點武器——不，說不定是想等她鬆懈再背刺。要是緋川的牽牛花還有子彈，死的或許就是萌黃了。

萌黃是一開始就想殺了緋川。

她早已決定，無論是遇到兔子還是「樹墩」，都直接殺掉。殺死「樹墩」雖不會提升擊殺數，但現在兔子已經不夠了。事到如今，連「樹墩」都是共搶最後幾杯羹的敵人。

現在，萌黃身上有三把牽牛花。

兩把竹葉。

三顆松果。

每樣都是從「樹墩」弄來的。兔子還沒殺到，殺死的「樹墩」就已經超過五人了。為了不被兔子搶走，盡可能多拿點裝備，她殺起己方是毫不手軟。

因為不顧一切的強者都會這麼做。

為了成為不顧一切的強者，非這麼做不可。

不過這個世上，「真正的強不在於武力，而是心靈」這種鬼話愈來愈深入人心。萌黃認為那根本是屁中屁中屁，只是不願承認自己是沒有能力的人，要把自己正當化而捏造的假象。「真正的強」就是執行力，其他免談。也就是能隨心所欲表現自身慾求的力量，可以不顧一切的態度。暴力是可以容許的手段之一，跟埋怨現況卻又諂媚世俗的「心強才是強」完全相反，扯不上邊。倫理，道德，守法精神，全都該唾棄。執行力才是新時代的倫理。沒執行力的人根本不算是人。只會聽話的乖孩子必將失去一切。這是萌黃在這十六年人生中最大的領悟。會參加這遊戲，成為伽羅的徒弟，都是這個緣故。她要蛻變成全新的自己。

她受夠了只會哭的自己。

要成為沒有弱點的人。

強悍的人。

然後遇見了兔子。

（24／43）

那是個有如幽靈的女孩。

皮膚蒼白，彷彿生來從沒曬過太陽；面如死灰，像是股票慘跌。身穿代表兔子陣營的兔女郎裝，但大概是因為身上散發著死亡氣息，嚇人地不搭。

位置是在轉角。

雙方正好都在拐彎。萌黃聯想到叼著吐司的女生撞上帥哥的那種場景。可是現在沒吐司，兩人也沒撞在一起，不過距離連三十公分也沒有。

時間停止了。

在貼身距離，兩人都愣住了。

「……！」

真是丟人。

萌黃無法前進，只能後退拉開距離，將牽牛花槍口指向幽靈女胸口。這邊有動作，對方當然也有，幽靈女退身消失在轉角之後。

槍聲。

接著是反作用力。以勉強姿勢後退造成踉蹌，萌黃兩腳騰空地一屁股跌在地上。地面的樹葉吸收了部分撞擊，其實不痛，但站起來還是多花點了時間。

萌黃也拐了彎，要追幽靈女。

只見幽靈女又在前方轉角拐彎了。萌黃對那消失一半的背影就是一槍。不，沒有。只是扣扳機開了一槍，但是沒中，打在牆上。她咒罵自己的準頭，繼續追人。

跟著拐彎。

同時舉起牽牛花。

可是看不到對方了。

一片寂靜。

以及無人的通道。留給萌黃的，就只有那麼多。

追丟了。

萌黃放下牽牛花，往牆上靠。才跑一小段就喘成這樣，心臟也跳得亂七八糟。

她試圖調息，鎮定躁動的內臟。

然後，豎耳聆聽。

有細微的沙沙聲。

是幽靈女的腳步聲。踏過地面樹葉的聲響。走動會造成聲響，是自然定理。剛才是萌黃自己也在走動，腳步聲混在一起才沒注意到幽靈女接近。這個遊戲，是故意設計成讓人能聽見附近玩家位置的。萌黃自知沒什麼效果也踮起腳尖走，追隨腳步聲。

拐了三、四次彎後。

她來到一個十字路口，萌黃衝進發出聲音的前方通道。

接著——

「……咦……」

那裡——

只有兔子耳朵。那個髮箍。

兔耳一晃一晃，以一定頻率移動著。萌黃原以為是腳步聲的沙沙聲，就是它造成的。

這當然不是說髮箍突然擁有意識，自己動起來了。兩耳之間的髮箍頂點處有個繩結，用兔子領結的緞帶綁成的。

緞帶另一端通往走廊深處。大概是到處從屍體搜刮來綁成一長條的，每隔一段就有個繩結。另一端在轉角後看不見，可是髮箍還在動，就表示有人正在拉扯，有張力發生。

說了這麼多，其實就只是兩個字。

陷阱。

一股力量用力纏住了萌黃的脖子。

從背後勒住了。膚觸粗糙，她立刻想到緞帶，好幾條弄成的繩子。往後倒時被某人擋住，是誰就不用說了。

萌黃右手將牽牛花舉到耳邊，以類似打電話的姿勢往背後的幽靈女開一槍，結果把自己給害慘了。槍聲炸進耳裡，腦袋被直接注射咖啡因似的眼冒金光，嚇得她手一鬆，牽牛花掉在地上，還鏟起一堆葉子往前方滑去。被幽靈女踢開了。

開槍之後繩子沒放鬆，證明沒射中幽靈女，萌黃改用竹葉切斷脖子上的緞帶。平常她不敢這麼做，是因為血流阻塞導致腦弱到剛剛好才敢動手。反向力一斷，她的脖子和腦袋便被自己甩向前去。

接著趕緊抬頭，同時轉身。

並以流暢動作舉起竹葉，沒特別瞄準就揮下去。

手腕被對方抓住了。

就停在幽靈女眼前。

兩人就此對峙。在這不知持續了幾秒的時間中，萌黃窮盡全力要把竹葉再往前推十公分，但是在心窩被踹中的同時後悔了。

「啊……」

或是「嘎」，發音介於中間。萌黃後退一步，兩人距離拉開。見幽靈女還想接近，她誇張揮動勉強還抓在手上的竹葉試圖威嚇。

萌黃後退了。

在精神上也後退了，有種高下已判的感覺。遊戲經驗有差距，近距離打不贏。只能遠距離用牽牛花射這般她自己也覺得很外行的想法占據了腦袋，使她丟下竹葉，從吊帶裙兩個口袋裡拔出剩餘的兩把牽牛花。

並瘋狂連射。

但這時，她才發現幽靈女在十字路口上，只要往橫一步就能躲過雙槍連擊。幽靈女消失在視線中，萌黃又是一個人了。

許多想法如百鬼夜行般爬進萌黃心裡。呼吸急促，右耳還在痛，汗濕的襯衫黏在身上，手上牽牛花不停吸走體溫。割緞帶時大概割到了肉，脖子周圍陣陣作痛。

聽不見腳步聲。

幽靈女仍埋伏在轉角處。

萌黃沒動作不是腿軟，是因為認為不動為上。既然她有兩把槍，要逃不逃反而危險。拉近距離還比較有勝算。

她想上前，但沒有勇氣。

前不久才出醜一次。在手能碰到手，能夠扭打的距離，輸的必是自己。無論道理如何，腳就是動不了。她保持舉著牽牛花的姿勢，除了等對方自己犯錯出來，沒有其他動作。

時間一分一秒過去。

心裡開始急了。

畢竟萌黃還是零人。這段時間裡，兔子的數量肯定仍在伽羅導師手中一個個減少。零人。這才第一個。第一個就打得這麼辛苦，使萌黃不甘咬唇。老實說，她預想的遠比這輕鬆多了。自己有槍，對方空手，以為動動手指就能殺人，把自己看得太高了。結果呢，怎麼會落到走錯一步就會死的地步。這種事還要再重複四次？我這種廢物實在——

不行。

不行。不行不行不行。不要再往消極偏，強者不會做那種事。現在沒空沉浸在這種軟弱的想法裡。這就是成為理想形象的儀式、考驗，必須把她當作墊腳石、經驗值、回憶當年苦的題材。沒錯，神不會給過不了的考驗，努力一定有回報。人生是零和遊戲，我很快就要給輕蔑我的那些人好看。

於是她說：

「誰怕妳啊。」

又說：

「我才不會在這種地方輸給妳！我可是！伽羅的徒弟！」

沒有答覆。

得到的是幽靈女丟出的「那個」。

（25／43）

是松果。

煙霧在十字路口迅速擴散，觸手伸至萌黃所在位置，她也等速後退。

途中往身上看一眼。

視線另一頭是「樹墩」的吊帶裙，拿來掛松果的腰帶原本有三顆，現在只剩一顆了。

先前交戰時被偷走了。

而且不是一顆，是兩顆。

第二顆等她發現似的穿出煙霧現身，縱向旋轉著飛到萌黃背後並炸開，在她的退路也散布濃濃的煙霧。

前後兩側都出現灰色的牆。

然而那只是煙，可以輕易穿越，萌黃也該立刻這麼做。沒什麼好考慮，穿過煙霧遠離幽靈女，就是她該採取的行動。不是逃跑，只是拉開距離。無論幽靈女是否會放棄追擊，兩側都被煙霧遮掩的狀況實在不利，應該儘速離開。

但實際上，萌黃不敢往前或往後。她對進入煙霧——視線受阻的空間產生了恐懼，想都沒想過穿過煙霧。

兩團煙霧交會了。

萌黃遭到吞噬，失去視野。

一陣急促的腳步聲響起。

萌黃不禁扣動牽牛花扳機，對十字路口開了兩槍。可是沒有表示中彈的嗚咽，就連腳步聲都是遠離而非接近。幽靈女往另一邊跑了。

是逃跑嗎——

萌黃沒幾秒就打消了這個想法，因為腳步聲再度接近，而且方向變了。是要繞一圈，從背後攻擊嗎。萌黃轉過身，不願讓她輕易得逞。

附近出現更大的沙沙聲。萌黃記得綁緞帶的髮箍就在附近，不會把那誤認為幽靈女的腳步聲。只要多用點心就能分辨。沒錯，就算她布下煙霧繞到後方，也不會改變萌黃在這直線上的優勢，畢竟攻擊範圍不同。再怎麼樣的格鬥專家，也打不贏這兩把手槍——

「——啊。」

萌黃不小心叫了出來。

頓時全身發熱。

她想起來了。

這場戰鬥開始時，自己有三把牽牛花。

她想起來了。

第一把因為在耳邊開槍而放掉了。

她想起來了。

那被幽靈女踢到前面去。

現在，在哪裡？

（26／43）

連續的槍聲。

一半來自萌黃，另一半來自他人。

通道很窄。

窄得一有屍體就必須跨過去才能前進，要躲幾乎是不可能。現在雙方都有牽牛花，優勢變動了。一方在難以動作的拮据通道中，一方在能夠輕易躲避的轉角，哪方會贏得這場槍戰是灼然自明。

肩膀、腹部、右腳都中槍了。

倒地時連撐都撐不好。

若要硬挑個值得稱讚的部分，就是沒把痛楚變成叫聲吧。但是倒下被對方發現，又中了一槍。這次連哪裡中槍都不曉得了，全身都痛得像在搶第一一樣。

劇痛灼燒著萌黃的神經。

什麼事都忘光了。

腦髓的九成九被兩件事填滿。一是疼痛，另一個是想逃離疼痛。可是，現在逃也逃不了，又沒什麼用的想法仍留在腦袋一隅。萌黃雙手並用，摸索著之前放開的牽牛花。

然而，一隻高跟鞋跟踩在了她的右手上。

槍口出現在眼前。

「……！」

煙霧還在。

但是即將散去，距離又近，讓萌黃在牽牛花另一邊見到幽靈女的臉。表情凶惡，不知是出於殺意，還是對殺人的厭惡。

萌黃將焦點放在對準她的牽牛花上。那是她弄掉的牽牛花。若記得沒錯，還剩一發子彈。就算沒了，直接用槍身毆打也行。

結束了。

那表示她再也不用扮演強者了。

眼角有種暌違已久的感覺。牽牛花扳機扣下，擊出殺傷力足以貫穿人類頭部的子彈。槍管距離她的臉不到三十公分，在這短暫時間，生涯最後的時刻，萌黃無疑是哭了。

（27／43）

煙霧散去。

（28／43）

為收取武器，幽鬼一直等到煙霧散去。

這次有兩把手槍，一顆松果，還有應該會有的竹葉。想對抗殺人狂，取得武器是眼下第一要務。殺死她時煙已經很稀薄，視線沒有問題，當場就能開始搜刮，但幽鬼仍杵在那裡好一會兒。

直到煙霧全散才有動作。

她全力往牆壁揍一拳。

好硬，紋絲不動。這是遊戲的舞台布置，當然沒那麼好破壞。幽鬼也不是想破壞牆壁，只要能拿來洩恨就行。痛毆這個「樹墩」的屍體也可以。

因為幽鬼被這個女孩弄得很惱火。

「……裝什麼很行的樣子……」

幽鬼開口了。

憤恨咒罵。

「妳這種人不適合這個遊戲！要錢去現實社會賺啦！」

簡直不像話。

除了「沒資質」以外沒什麼好說的了。進退上一點戰鬥細胞也感覺不到。她好像說她是那個殺人狂的徒弟，結果表現卻是那樣，大概真的是爛泥吧。戰鬥中，幽鬼一點也不覺得有生命危險。就算重來一百次，也顛覆不了幽鬼得勝的結果吧。

就現象面來說，這是場毫無懸念的勝利。

可是她卻看到了，看到對方死前的臉。那是非常糟糕的紀念品。那不是幽鬼至今見過的眾多玩家那種恐懼、絕望，或懷抱最後一點鬥志瞪著她，也不是不敢相信自己會死的傻樣。

她臉上，是不甘。

投注全心全意，也無法達成目標的情緒。認真過活卻得不到回報的窮苦百姓才會得到的補償，這個遊戲的努力獎。她究竟想求什麼，幽鬼連猜測的想法也沒有，且就算知道了也不會有所共鳴，但那確實存在。她和幽鬼這樣「不知為何」不一樣，也沒有「僅此一次」的動機，而是想藉由持續參加這遊戲達成某件事。

那卻被幽鬼扼殺了。

踐踏了。

被不知為何活下去的人，用與生俱來的資質。

（29／43）

搜刮完屍體後，鬱悶的情緒也沒有散去。

即使得到兩把牽牛花、兩把竹葉和一個松果，遠離了「樹墩」的屍體也一樣。絕無法自然癒合的某個東西，在幽鬼心裡生根了。幽鬼能感到它在心裡慢慢散開。

幽鬼繼續在巨大迷宮中行走。

目的地是兔子的基地。

沒有經過仔細考量。若想提高生存率，應該繼續探索下去。白士曾給出逃離殺人狂的指示，況且還需要活過一星期，得確保飲食來源。返回基地說不定會撞上殺人狂，簡直跟飛蛾撲火一樣，蠢到一個境界。

但儘管如此，她還是想回去。

她想知道白士是否安好。不管殺人狂是否還在基地裡，都幾乎能確定師父在那裡吧。

——無論生死。

當然，最好是活著。雖然她曾說過自己贏不了殺人狂，不過她說不定其實已經輕鬆獲勝了。基地裡可能是她與殘存的兔子圍在一起有說有笑的畫面。如果死了也沒關係，她還是要過去確認。她不想在誰生誰死都不曉得，對現況一無所知的情況下到處遊蕩。

目的地愈來愈近。

同時，路上的屍體也變多了。

與離開時相比，感覺接近兩倍，真的是死屍遍野。不幸中的大幸是「防腐處理」使得地板沒有一整片又紅又黏。屍體大概每十具就會有一具毀壞得特別嚴重，一眼就能看出是殺人狂特別花過時間。

其中，有個身形眼熟的。

是墨家的遺體。

十具中的第九具。就只是死了。胸部一帶有大量刺傷，簡直是要給機組減重而大量開洞一樣，刀刀致命。被菸酒摧殘的聲帶不再顫抖，之前在幽鬼腹側肆虐的十指也沒有絲毫動作。摸摸看，已沒有體溫，靈魂遠離到無力回天的地步。

被殺人狂幹掉了。

被伽羅色頭髮的女人幹掉了。

墨家曾提過，混在新手組裡的人。自己也沒注意到何時消失的人。

如果自己有注意到，說不定——

幽鬼立刻抹消浮上心頭的想法，因為白士曾經告誡過，在遊戲裡別對任何行為負責。她做過很多次調整心態的練習，只要慢慢深呼吸一、兩次，就能像面對記者群的政客一樣選擇性失憶。

可是這樣的技術，沒有抹去陰霾的效果。

針已經扎在心上了。

「樹墩」死前的臉，已經烙上去了。

人格差距，被她直接抹在臉上。幽鬼甚至覺得自己的心臟還在跳動是一件奇怪的事。以幽鬼的基準來說，那個「樹墩」比她還要高等，所以難以接受她死了，自己還活著的事實。

在這個需要在死亡邊緣不斷調整平衡的遊戲裡，這樣的心境很致命。

她也因此注意到——

在這種狀態下遭遇殺人狂，一定會死。

（30／43）

幽鬼回到基地了。

發現白士的遺體。

（31／43）

是十具中的那一具。

損毀程度嚴重到能認出「那些」是白士都是件值得稱讚的事。幽鬼是從身高體格，以及殘留的少許頭髮顏色判斷那是師父的，但仍有可能是別人，或是混入了他人的零件。

該從哪說起呢。

總之，「那些」的位置在大房間中央。展示月岩般，擺在能容納三百隻兔子的大房間正中央。事實上，活過九十五場遊戲的人也的確像月岩一樣珍貴吧。別說遺體，就連與「那些」接觸過的這個遊戲會場被認定為聖遺物都不足為奇。

白士的頭、軀幹、手腳、每一根指頭和頭髮，都遭到了破壞。血液因「防腐處理」而化成白棉幾乎蓋滿全身。不僅是體表，體內也遭到破壞。肋骨以機械鐘刻度的方式陳列在屍體周圍，小腸像是賽車道鳥瞰圖，各種臟器零散得像是枯山水的岩石。懸疑劇作經常出現以獵奇屍體傳遞訊息的橋段，但幽鬼在這空間裡看不出殺人狂的表現欲或任何訊息性，認為多半只是想破壞屍體。

說不定，她還在呼吸呢。

「很棒吧？」

一旁傳來聲響。

有人蹲坐在那裡。

（32／43）

是伽羅色頭髮的女人。

焦糖色頭髮的女人。

幽鬼從來沒聽過什麼伽羅色，當作是那種顏色應該沒關係吧。搭配剛才那個「樹墩」說的話，伽羅大概就是那個人的名字。

第一印象上，與白士類似。

這是來自她的長髮與高挑。不過，長相和師父一點也不像。

對於長相的印象，就很難形容了。有點像個性乖僻，很難請得動的傳說刀匠，也像柏青哥玩到眼睛都變成小鋼珠的中年大叔，或者是怪腔怪調的補習班老師、頭部受創而個性否變的傲嬌雙馬尾女角色、剛裝上感情程式的人造人，但也有種全都不對的感覺。幽鬼的人生裡，從未出現過與「這個人」相似的人，所以覺得愈形容會離事實愈遠。

這個人。

這個人，就是那種人嗎。

「是妳——」

幽鬼發出的第一聲，是個實在很無腦的問題。

「弄成這樣的嗎？」

「嗯。」

對話成立了，伽羅點頭了。

殺人狂。

力壓第九十六次參加遊戲的老將。

「為什麼穿『樹墩』的衣服。」

事如所言，伽羅穿的是吊帶洋裝。據白士和墨家所說，她是兔子陣營，穿上「樹墩」服裝是——

「我喜歡寬鬆的衣服嘛。」

不是幽鬼以為的答案。

伽羅往幽鬼注視過來。

「那我問妳，妳穿那樣不會害羞嗎？」

「……是滿害羞的。」

幽鬼摸摸領口處的蝴蝶結。

對方的「樹墩」服裝乾淨得不像是從屍體扒下。幽鬼不願往那裡多想。

「妳是裝成新手吧。」

「嗯，不過我的確還算是新手喔，這才第十次而已。」

「已經很多了，至少比我多。」

「是喔？」

「這裡有三百個兔子，為什麼都沒人認出妳？」幽鬼繼續問：「既然都參加了十次，應該會有人記得妳吧。」

「不會有人記得。」伽羅臉上泛起尖酸的笑。「因為我每次都把人殺光了。」

「……妳說什麼？」

幽鬼的雙眼蓄起力量。

「啊，不對。只有第二次沒有。」伽羅訂正道：「我放過了萌黃一個，因為她是乖寶寶。」

萌黃，敵方首領就叫這名字。多半就是那個「樹墩」。「這個叫萌黃的，我應該有遇到。」

「是喔，她還好嗎？」

「死掉了。」

沒說是自己殺的。

「為什麼要弄得這麼誇張？」幽鬼接著問：「又為什麼每次都要把人殺光，應該都沒這個必要啊。像這一次，也是專挑『樹墩』就行了吧。因為萌黃在『樹墩』那邊，所以妳才要幫她？」

「不是。」

「人殺愈多，獎金會有紅利之類的？」

「也不是。」

「所以是為什麼？殺一百萬人就是英雄那樣？」

「就只是想要這件衣服嘛。」

伽羅拉開吊帶裙襬說：

「如果想弄到一件完美無缺的，不就不能在穿的人身上弄出傷口嗎？可是那其實比想像中難很多。她們都掙扎得很厲害……害我愈來愈不爽。」

幽鬼皺起眉頭。「不爽……就這樣？」

「就只是這樣。」

簡直莫名其妙。「我實在看不出那跟妳場場把人殺光有什麼直接關聯。」

「是喔。」

伽羅不屑地笑。

「好吧。」

接著一瞥幽鬼。

光是這樣。

就讓她連指尖都凍結了。

（33／43）

冰寒入骨，連靈魂也結凍。有某處在放血似的全身發冷，而腦袋卻熱得像是要填補這溫度。超頻了。眼睛像變成六個，大量資訊流進腦裡。兔子的大房間、模造森林、趴倒的狸貓吉祥物、白士的遺體。滿地死屍而沒有多注意的悽慘房間裡，只有殺人狂一個把這當成自家客廳，氣定神閒地背靠著牆蹲坐。瀏海底下露出凶光，使幽鬼想到「用眼神殺人」這常見的句子，還聽見有人吐槽說才不是那個意思咧，蠢貨。

氣氛驟變。

霎時轉成了廝殺的情緒。

「有這麼難懂嗎？」

伽羅悠然站起。

註冊商標的伽羅色頭髮隨之搖擺。

「真的不懂啊？玩這個遊戲，本來就會有殺人的機會嘛？就算不殺，妳也有遷怒到別人或東西上的經驗吧？有就應該會懂啊。」

殺人狂的腳動了。

相對地，幽鬼的腳沒有動。

「殺人以後，心情也不會比較好過啦，就只是轉移注意力而已。要一直破壞屍體，累到昏天暗地以後煩躁自然過去，才總算好一點。就跟借酒澆愁一樣，不管殺幾個人都治不了本。」

伽羅又是一瞥。

然後面露怒色，說：

「就是這樣，就是這種眼神。每個人知道我是殺人狂以後就馬上把我當垃圾一樣，這也讓我很不爽。要我說的話，我會變成殺人狂都是他們逼出來的。怎麼看都是他們故意激起我的殺意。我真心想殺的人，到現在是一個也沒有，是環境塑造出我的。不想死的話，就跟萌黃一樣莊重一點。」

伽羅手伸進口袋又馬上抽出來。

抓著一把竹葉。

「還是不懂就算了。」

說完，伽羅以堪比侵門踏戶來形容的速度走來。

幽鬼一次又一次地對自己的腳下令。動啊、動啊、動啊、動啊。還是不動，連會動的感覺都沒有。

既然自己動不了，只能拖延她了。

「妳是說『那個人』輸給了妳這種亂遷怒的人嗎！」

雖然是說「那個人」，但伽羅仍聽出了那是指白士，無力地「啊？」了一聲。

「那種事看就知道了吧？」

「她可是參加九十六次的最老手耶！」

「她很弱喔？」

殺人狂說了這樣的話。

「我看她啊，身體根本就快要不行了。」

（34／43）

這次。

不只是身體結凍，連腦袋都凍住了。

聲音傳進恍神的幽鬼耳裡。

「妳自己看。她內臟是不是怪怪的。」

伽羅的視線往旁掃動，幽鬼的視線也牽了線似的跟過去。

看的是白士悽慘的遺體。

慘到都不適合用遺體描述了。散得讓幽鬼懷疑這國家的法律，是否會將破壞至這種程度的人體視為遺體。

幽鬼仔細查看每一樣組件。

看得再仔細，她也看不太出來是不是「怪怪的」，因為她不曉得健康的內臟長什麼樣。但經伽羅一提，的確是沒有健康的感覺。肋骨像文明崩潰後的荒野種出來的蘿蔔一樣細，內臟每個都像足球社的男生一樣黑，而且全部都挖出來了，量卻似乎有點少。就幽鬼所知，理科教室的人體模型還不只這樣。

「這種遊戲玩了快一百次，也難怪會變得這麼破爛啦。」

想起來了。

前次遊戲以後，白士空了三個月才復出。

就算需要準備，幽鬼也覺得太久。難道、難道是因為——

「都賺了那麼多，怎麼不早點退休呢，該不會是上癮了吧。」

九十九次破關。

原本就很難理解，現在更是加倍難懂了。難道是身體變成「這樣」之前都沒辦法停下來嗎？怎麼想都是伽羅說的上癮。難道九十九次的魅力有大到需要鞭笞這樣的身體上場嗎？

難以理解。

「樹墩」死前的表情浮現腦海。

蟲子又從腦袋裡湧了出來。

「夠了吧。」

再拖也只能拖到這裡，伽羅動身了。

「總而言之，她根本不是我的對手。不只是她，全都一樣。」

她加快速度並繼續說：

「我看妳也差不多吧。」

（35／43）

可笑的是，幽鬼到這一刻依然僵在原地，恍惚地將伽羅的步行變成疾行，表情變得凶狠，竹葉尖端刺過來全看在眼裡。就算是螢幕裡頭的畫面，也該更有反應才對。哎呀，一想到某處正在實況轉播這場遊戲，就覺得好丟人。

右手像是發覺現在不是發愣的時候，突然抽搐。

手上還握著牽牛花。

幽鬼急忙舉起右手。

連續三次槍聲，她相信自己全部命中了。用槍的經驗不多，能命中不知是墨家所說的仕女尺寸還是幽鬼才華爆發，總之三發全都命中頭部，伽羅先前的氣焰全都是過去式了。她身體仰到能清楚看見頸顎線條的角度，往前滑動著後仰倒地。

嘩地一聲，吹起大把樹葉。

接著所有聲音都從房間裡消失了。

連自己的心跳聲都聽得見。

幽鬼聞著火藥味注視伽羅。不折不扣，她倒在了地上，頭部汩汩流血，一接觸空氣就變成朵朵白棉。一隻腳像逃生門標誌那樣彎曲，雙手呈萬歲姿勢，相當滑稽。右手仍握著竹葉，但那是因為死後僵硬什麼的，不表示伽羅是還能揮刀的狀態。頭部都中三槍了，就算是白士師父也會完蛋。

話雖如此，幽鬼還是覺得有檢查的必要。

於是她放下這把已經沒子彈的牽牛花隨手一扔，換上萌黃提供的其中一把。

但沒有舉槍。幽鬼幾乎毫無戒心地接近屍體。

這是個大錯。

屍體像捕鼠夾一樣猛然翻起。

並順勢擲出竹葉。

初速是有，但姿勢畢竟歪曲，再加上那不是特別用來投擲的刀，沒有快到哪裡去，問題是沒有意識到。幽鬼是有懷疑她或許還沒死，卻沒想到她這麼快就能反擊而大意了。

代價是右半視野。

刷地一下，被砍中了。幽鬼手按傷處，整個地方都在痛，不知是眼球還是週邊受創。現在沒時間分辨，將剩餘的左眼焦點對準敵人。

殺人狂站起來了。

她的頭在這一刻也仍在流血。

能看見彈孔。血、肉、伽羅色頭髮和白棉混在一起，而那一團亂的底下，有種與前四者都不同的顏色。

銀色。

她的頭皮底下，有銀色的物體在反光。

「什麼……」幽鬼無法不問。「那是什麼東西？」

「看了還不懂嗎？」

伽羅敲敲裸露部分。

得到鏗鏗兩聲的金屬聲音。

「是裝甲。塞在身體各個地方，用來防彈的。」

幽鬼啞口無言。

她以為自己已經習慣了各種荒唐的事。死亡遊戲、「防腐處理」、沒什麼動機也反覆參加的人。這業界時時刻刻都與荒唐比鄰，使得幽鬼自認已經沒什麼嚇得倒她了。

可是這種事——

荒唐的性質不同。再怎麼說，這也——

「太扯了吧！根本是生化人嘛！」

「太難聽了吧。我只是塞了一部分，絕大部分都是活生生的人體喔。」

「這根本犯規——」

「別傻了。這樣犯規的話，金屬假牙不也犯規嗎？那我問妳，妳為什麼赤手空

拳就來參加遊戲？為什麼不弄點讓妳比別人強的裝備？我實在不懂耶。」

幽鬼舉起牽牛花。

但不知該瞄準哪裡。伽羅說「塞在身體各個地方」，該當作要害都有受到保護吧。那麼該射雙腿——不，下半身或許也有裝甲，以平衡上半身重量。從剛才的敏捷度來看，應該不至於每個角落都有裝甲——

對方不會等她想好。

殺人狂跑了過來。

手中不知何時握起了第二把竹葉。

跟她拚了。幽鬼這麼想著，瞄準胸部中央扣下扳機。失手了。不，是躲開了。對方沒有因為有裝甲就隨便捱槍。幽鬼認為那是自己瞄準得很明顯，對方容易看出閃躲的時機，於是第二發用西部快槍手。中了。只是擦過腹側，阻止不了伽羅前進。不過這讓她抓到訣竅，決定下次攻擊腹部而重複動作，但第三槍沒射出來。子彈沒了。她立刻明白那是萌黃與她戰鬥前就開過一槍的緣故，總之沒子彈了。

幽鬼將牽牛花打橫。

以槍身抵擋竹葉。

沒有像刀劍那樣互抵，伽羅隨即收回竹葉又刺過來，幽鬼躲開了。她身上沒有裝甲那種東西，在閃躲上占優勢。閃躲之餘，也拿起竹葉轉守為攻。

被擋住了。

不是用竹葉。

居然是用脖子去接。瞄準伽羅要害的竹葉，硬生生停在那個地方，只割破一層薄薄的皮。老爺爺的喉結都不會這麼硬。連這種會影響一般生活的部位都植入裝甲，使幽鬼心裡發毛。

敲中金屬的手一陣痠麻。

對方也知道她動作停頓。

一下子就刺了三、四刀。

「……！啊啊！」

叫得好難聽。

承受後果後，幽鬼拉開距離並往下瞥一眼，見到身上冒出好幾團棉花。她沒多想哪裡哪裡哪裡哪裡哪裡哪裡被刺，總之手腳還能動，現在該注意的只有這裡。

「哈哈！」

殺人狂發出很像殺人狂的笑聲。

「一來就砍脖子啊！不錯喔，很勇敢！比其他廢物行多了！」

伽羅用竹葉指著「其他」屍體說。

其中也包含白士的屍體。

不知為何，那讓幽鬼很火大。「笑屁啊！」語氣不再尊重。

「都什麼年代了還在搞戰鬥狂！過氣了啦！」

「就妳最沒資格說我啦！」

「妳又知道我什麼！」

「看就知道啦！明顯到不行！」

伽羅又提高音量。

「妳跟我一樣！在這種世界過得很舒服吧！」

心臟縮了一下。

還有種失去平衡感，自身價值逐漸壓扁的感覺。從小學以後就沒嚐過這種滋味了。那是放棄與人、與社會交集之後，再也不曾受過的刺激。

吵架處於劣勢時的，感覺。

「這裡不是很棒嗎！沒有任何沒道理的規矩！看不順眼的殺掉就行！不只隨心所欲不會受罰，有時候還會被可愛的女孩子崇拜呢！嚐過這種滋味以後就回不去下界了啦！只有這裡才容得下我們！我在這裡才能死得其所！妳也是打從心底這麼想的吧！」

——不對。

幽鬼很想這麼說。

不是「只有這裡」，也不是「可以死在這裡」。她想說我是自願選擇這條路，決定在這裡生活。被人說成無法融入外界才逃進這裡，實在令人心寒。她想說我對自己的人生感到驕傲，和妳那種想到什麼做什麼的殺人狂才不一樣。

但是，這等於是說謊。

她沒有能讓她這麼說的東西。

她需要——

為了勝利，為了生存，她需要故事。

幽鬼回答的是：「——別拿我跟妳相提並論！」

（36／43）

那只是為說而說，沒有根據。

可是或許是所謂的言靈吧，這樣說以後，心裡似乎踏實不少。說不定自己真的是這樣想的舒爽錯覺，充斥了全身每個角落。這下幽鬼由衷體會了師父所說的「需要目標」。

而她需要的，是劇本。是故事。是前因後果。

自己為何能戰勝這傢伙。為何活下來的是自己，不是那個「樹墩」。她需要能夠接受的解釋。這裡談的不是戰略，是心境，心理問題。論戰術之前，得先說服這顆有自卑感的心才行，不能帶著弱點應戰。不用白士教，幽鬼自己也知道。

而這個恰好的解釋，就在伸手可及之處。

沒必要刻意去選擇「它」。妳殺了我師父，說什麼都不能放過妳，或是想證明自己是個有實力的人，其實也可以，但她仍選擇了「它」。這表示她心中產生了某種驕傲，憑自身意志立定了路線。

那是求勝的宣言，那是有計算的行為，但這種硬找的解釋，卻與幽鬼契合到甚至不自然的地步。她或許是真心這麼想。從目睹白士遺體那一刻起——不，說不定打從邂逅她開始，心裡就已經產生了想那麼做的欲望。

真相，連她自己也不知道。

但無論如何，幽鬼把「它」說出了口。

（37／43）

「我是那個人的徒弟！」

她說出口了。

「我會繼承那個人的遺志！代替她達成九十九次破關！才不會輸給妳這種下三濫！」

（38／43）

幽鬼起跑了。

義無反顧衝過去。

同時指尖抹過竹葉鋒緣，查看是否有缺口。沒有用眼睛看，因為視線要時時刻刻鎖定在伽羅身上。

而這個伽羅，臉上帶著淺淺的笑。

不是嘲笑。

不是笑她做出現今少年漫畫也不會有的熱血宣言，反倒像是讚嘆。由於事情往意外的有趣方向演變，所以欣喜地笑了。幽鬼不懂她為何那麼笑，也不想去理解。對方是殺人狂，顯然是理解愈多，自己也會染得愈黑。

幽鬼用沒拿竹葉的手，丟出一個東西。

是松果。

煙霧在兩人之間散開。

但投出松果的幽鬼本身不會停下腳步，她毫不猶豫地鑽了進去。自己與殺人狂的距離，她記得很清楚。幽鬼的身體按事先想像的動作，左、右、左地踏地，往伽羅應該在的位置刺出壓上全部體重的竹葉。

落空了。

吊帶裙的褐色晃過視野右端。

下一刻，右肩迸出可以肯定是被她深砍一刀的痛楚。幽鬼叫了出來，但沒有停下，即使竹葉掉了也按著肩奔跑，穿過伽羅身旁，直至脫離松果煙霧。

煙霧不是為了偷襲。

她知道對方沒萌黃那麼簡單，不可能只因為煙霧而停滯。攻擊是因為覺得多少有機會撿個便宜才姑且為之，主要目的仍是穿過伽羅。

不是為了逃跑。

只是移動位置，到「那個」旁邊去。

接著扶著「那個」蹲下。

轉身。

伽羅正好在這時離開煙霧。

她當場瞪大了眼。

這也難怪。

因為幽鬼碰的「那個」連武器都不是。

是那個狸貓型的吉祥物。

這場遊戲的「解說員」。

（39／43）

幽鬼一直覺得很奇怪。

白士告誡她「別跟殺人狂打」，因為自己是「生存」的專家，而對方是「殺人」的專家。這句話至今仍重重壓在幽鬼心上，使她不敢有絲毫與伽羅正面對決的想法。

然而伽羅曾清楚地說，白士「很弱」。

因為她打過九十五場遊戲，全身滿目瘡痍，所以不堪一擊。師父很弱這句話給她極大的震撼，所以當下沒有注意到。現在仔細想想，這實在是很奇怪。

這表示，白士和殺人狂戰鬥過了。

在打不贏的狀況下，對上打不贏的殺人狂。

可是現在遺體就在那裡。死了還遭到肢解，可以視為白士深深激怒了伽羅，確實有過戰鬥行為。那是再怎麼覺得奇怪也無庸置疑的事實。

而她的師父不打沒勝算的仗。

以上種種使幽鬼猜想，白士「會不會在這房間裡留下了某些東西」？她知道憑這副身體沒有勝算後，留下某些東西，好讓來到房間的人能夠「戰勝」伽羅？

說不定沒有。

說不定是想得太美。

但以這觀點掃視房間時，「有這可能」的位置只有一個，那就是狸貓。狸貓吉祥物。來晚了的幽鬼只聽白士說那是兔子陣營的「解說員」，兔子們一擁而上圍毆了它，肚子遭到破壞，露出電子零件。

能看見肚子，表示它仰著，但現在卻是趴著。儘管狸貓並沒有固定於地面，很有可能只是被人踢翻，不過有人刻意為之的可能並沒有輸到哪裡去。

因為白士說過。

——我跟好幾個人一起把它打爛了。

——說不定有藏東西。

在瞠目的伽羅面前，幽鬼將狸貓的肚子翻了上來。

結果究竟如何。

肚子裡，電路板上，藏了一把牽牛花。

（40／43）

舉槍。

瞄準伽羅。

現在幽鬼右眼受創，視野只有正常的一半，但還是泛淚了。不至於流下來，岌岌可危。

因為很感動。

白士藏槍時，究竟是懷著怎樣的心情呢。

她大可自己用掉。身體再怎麼差，也好歹能瞄準目標扣扳機才對，多少能提升點勝率。但她卻斷了這條路，以免被伽羅奪走，留給未來回到房間的人，並期待她在「這般」最棒的時機出其不意。

很可能，是八發全滿。

接著幽鬼開槍了，連續三發。目標早已預定，肩膀、腹部與右腳，和萌黃的位置一樣。萌黃很可能就是伽羅的徒弟，身體和師父不一樣，頭部不像是有植入裝甲，其他地方就不知道了。萌黃沒有特別保護這三個位置，所以幽鬼瞎猜伽羅或許也不太會那麼做。

無論事實如何，至少伽羅中槍了。

她的腳停住了。

當場摔倒。腳跪地的同時，右手動了，是投擲竹葉的姿勢。但幽鬼決定殊死一搏隨她射，維持瞄準姿勢。

接著又是三槍。

第四槍，沒中。因為伽羅壓低了姿勢。

第五槍，擊中頭部。因為伽羅身體向前傾。

第六槍與她擲出竹葉同時。對方姿勢難以瞄準身體，只好射擊左大腿。進去了。這是好現象，不過沒時間躲了。高速射來的竹葉逼近幽鬼胸口，然後——

沒刺進去。

正好擊中了兔女郎裝的鈕釦，掉在幽鬼腳邊無疾而終。

幽鬼笑了。

開始覺得這套衣服也不錯。

又開了第七槍，擊中伽羅因意外失誤而睜大的右眼。這下扯平了。她裝甲再多，總不能眼睛嘴巴都裝吧。幽鬼想起戰鬥漫畫的常識，將第八槍射進嘴裡。中了。想著說不定這把槍不一樣，會有第九發，又多扣了幾次扳機，果然沒那種好事，於是撿起伽羅擲出的竹葉。

然後逼近垂首的殺人狂。

捅個不停。

往臉，往胸，往手往腳，亂刺一通。伽羅的竹葉似乎已經用完，用雙手指甲來抵抗。但幽鬼根本不怕那種東西，繼續捅。從給予傷害轉往要她的命，攻擊位置逐漸接近要害。胸部照例有裝甲，動作逐漸變成連內臟一起砍的方式劃開腹部。一捅再捅，捅了又捅，深到連拳頭都整個搗進肚子裡。

然後，才終於注意到伽羅已經斷氣。

（41／43）

視野開闊了。

幽鬼停下手，調整呼吸，清楚看見自己的成果。眼前是伽羅的屍體，腹部被切得稀巴爛的屍體。儘管慘狀遠不及白士，但無疑是看起來已沒有任何風險的屍體。

接著往左手，抓竹葉的手看。沒有一片血腥。「防腐處理」使血液全都成了一團團棉花，手乾淨得不像剛殺了人。連兔女郎裝的法式袖口都沒半點血漬。

竹葉從手中滑脫。

幽鬼當場躺了下來。

她太大意了，這樣不是最好的表現。以為死了的人有可能卻沒死。遊戲還在繼續，或許有殘存的「樹墩」躲在角落，即使不完全是坐收漁翁之利，但仍有可能襲擊負傷的幽鬼。幽鬼自己也知道會有這種事，但她已經快受不了了。無論是肉體還是精神上，都充斥著過去任何一場遊戲都比不上的疲憊。

很充實的疲憊。

幽鬼慢慢呼吸，陽光從模造樹林布景間照過來，身體行光合作用似的逐漸放鬆。如果沒事發生，她說不定會就此睡去。

而那畢竟是假設。

實際上，腳步聲使幽鬼坐起來了。

房間出入口有個「樹墩」。

是個藍色眼睛，令人印象深刻的女孩。她表情也十分疲憊，雙手求神似的合抱，然後，手裡握著竹葉。

兔子與「樹墩」。

這場遊戲原本的對立關係。

那女孩愣了一會兒。「要打嗎？」幽鬼問。

「……不要。」

女孩舉起雙手，同時竹葉掉在地上。

「我已經殺夠五個了，不需要了。」

「是喔。」幽鬼頗為訝異。「真厲害。」

「我受夠了。真的不想再跟這種遊戲扯上關係了。」

幽鬼微笑了。右眼因皮膚牽動而發痛。「就是說啊。」

（42／43）

就這樣，遊戲結束了。

締造最多參賽者記錄的「CANDLE WOODS」，同時也創下了最低生還記錄。三百三十人當中，有二百九十八名兔子與二十九名「樹墩」死亡，生還者僅有三名。

玩家名稱「幽鬼」，本名反町友樹。

玩家名稱「藍里」，本名一瀨藍里。

玩家名稱「白士」，本名白津川真實。

（43／43）

3. LIFE TIME JOB

（0／7）

幽鬼在三坪大的房間裡醒來。

（1／7）

她最討厭這遊戲的地方，就屬這一刻。眼熟到不能再熟的自家天花板。三坪大的破公寓房間那種天花板，會把快樂的時光，賭命的遊戲，世界上唯一能讓她如此大顯身手的無上舞台已經結束了的消息，砸進她昏沉的腦袋裡。一醒來，心情就會盪到谷底。

幽鬼醒了。

她坐了起來。全身動作都沒問題，右眼也治好了，徹底恢復立體視覺。幽鬼再脫光衣服查看全身，那些刀傷全都填平了，完全癒合了。連眼球都治得好，使她不得不讚嘆主辦方的技術。

拿起枕邊的手機，時間是傍晚五點。她這才注意到窗外一片橘紅，紅到不用特地看時間也能知道是傍晚。

幽鬼的活動時間還沒開始。

基本上，她是個夜行性的人。總是早上七點睡覺，晚上七點起床，睡眠時間是驚人的十二小時。離開國中，過起漫無目的的生活後，自然就變成這樣了。會自認是無法面對社會的窩囊廢，大概就是這個緣故。害怕他人目光的她，白天不會出門。

睡吧。

她這麼想。

距離她的時段還有兩小時。現在睡意乍消，恐怕是睡不著，但至少能躺著發呆。像個不健康的年輕人一樣滑手機也行，總之把這兩小時混掉。幽鬼蓋上才剛掀開的被子，再度躺平。

誰知這時，心裡冒出了芥蒂。

像是不滿或罪惡感，彷彿有人對她說妳這樣怎麼行。睡過無數回籠覺的幽鬼，還是第一次發生這種狀況。她在被窩裡扭來扭去，思索原因。

而她很快就想到了。

因為她想繼承師父的遺志。

幽鬼在「CANDLE WOODS」中為生存而胡亂喊出的話，影響比她想像中還大。她實在沒想到，不努力去做就再也無法自稱白士徒弟的想法，在她心裡悄悄地萌芽了。

隨著時間經過，那芥蒂急速膨脹。

「啊啊！」

幽鬼猛然掀被。這塊毯子已經蓋不住她了。「起來就起來嘛！」幽鬼唸唸有詞地出門去了。

（2／7）

也沒去哪裡，她只去過步行距離五分鐘的超商而已。

幽鬼開始擔心要是那聲音開始要她好好吃飯該怎麼辦，結果只是多慮。她很快就提著滿載糖分、鹽分、油脂和添加物的超商便當回到公寓。

幽鬼非常不懂得買菜。

因為她每次都只會順從飢餓，買什麼就馬上吃光，不多看一眼。可是這一次，她難得將買來的便當擺在地上不動，先打開衣櫃，將捲成一團擱在角落的東西在地上攤開。

那都是過去遊戲使用的衣服。

上次是巫女服，上上次是長裙太妹，上上上次是學生泳裝，下略。衣櫃裡總共有六套衣服，加上記憶裡有兩套因發黴而丟掉，總共有八套。

再加上這次的兔女郎裝，共九套。

這就是幽鬼現在的紀錄。

九次。距離九十九次還有九十次，目標在天之一方。幽鬼不會回顧過去的遊戲，但總會有一、兩次緊要關頭留下深刻印象。她對自己闖過難關的次數頗有自負，別說這次，上次和上上次也都能化險為夷，才會有現在的九次紀錄。

這套模式得再重複十次，才能達成九十九次。

幽鬼重新體會到，自己的師父是何等的怪物。

自己誇下的海口有多大。

可是她仍咬緊了牙這麼說：

「我就拚給妳看，媽的。」

（3／7）

時光稍微倒流。

（4／7）

「CANDLE WOODS」剛結束。

殺人狂威脅過去後，僅剩的倖存者——幽鬼和藍里，在迷宮中備有各種生活所需的房間裡度過。官方為此後遊戲局勢不會再有變動，繼續下去也沒意義，於是第三天就提早結束。送走兩位玩家後，大批職員來到會場忙碌地進行善後工作。

這當中，有個職員來到大房間。

兔子區的大房間。

三百名兔子集合，白士遇害，幽鬼與伽羅死鬥的房間。白士的遺體維持當時的慘狀，晾在大房間裡，那位職員就是站在屍體正前方。

他說：

「我來接您了。」

是對屍體說話。

「遊戲結束了，『不用再裝死了』。」

不久。

有個粗糙的「嘰」聲。

再過不久，聲音連續起來。嘰嘰、嘰、嘰嘰嘰。不停發出刺耳聲響。

當聲音停止，遺體保持著那慘狀「站了起來」。

全身裹滿棉花。

骨骼、肌肉、臟腑等各種部位仍是毀壞狀態。

即使被殺人狂親手解體了，她仍站了起來。活像萬聖節裝扮。

「您還是老樣子呢。」

職員說。其實這位職員是白士的專員。

「每次看到都忍不住想問，這到底是什麼鬼。」

白士沒有回答。

職員猜想，或許是這種狀態下出不了聲。

他不懂「那樣」究竟是什麼原理，因為那種人體改造技術並非出自主辦方之手。雖然「防腐處理」和頭部植入裝甲的殺人狂都很誇張，但白士的「那樣」簡直不屬於這個世界。缺了肌肉和骨骼也能站起來，在人體構造上是不可能的。怎麼想都是背後有超越物理的力量，甚至法術一類。

不是不可能。

畢竟她可是五百兆分之一的超人。

有一、兩個神明附身都不奇怪。

「恭喜您，這樣就九十六次了。」

職員鼓掌說：

「非常期待您最後三次的表現。」

這是發自內心的話。

能夠在如此草菅人命的遊戲達成破關九十九次紀錄，根本是奇蹟。如有機會見證，他也不想錯過。

可是白士搖了搖頭。

「……？」職員不禁皺眉。

「我要退休。」

白士如是說。

出聲了。更讓人覺得她是怪物。

「被人亂搞身體這麼久，總歸是會翻船的。遲早會被那種人幹掉，下一次恐怕是過不了了。」

「我是完全不覺得啦。」

「不，真的。這是女人的直覺。」

很老套的說法。「請問，是因為交給了那位叫幽鬼的徒弟嗎？」職員問。

「是啊，就跟她對那個殺人狂說的一樣。」
「伽羅小姐的表情好像還滿高興的。」
「她也有徒弟的樣子，有點共鳴吧。」
「您事先有想到幽鬼小姐她會那樣說嗎？」
「沒想到她會說得那麼直接就是了。是受了什麼刺激嗎？」
「要看記錄檔嗎？既然您想退休了，可以招待您到我們會所看看。」
「不了不了，我沒有偷窺癖。」
就某方面而言，這句話是在否定整個遊戲，職員不禁苦笑。
「目前最值得您擔心的，是她能不能跨過第三十次吧。」
「『三十之牆』嗎？」
這是指原本順順利利的老手，接近第三十次時存活率也會驟降的現象。是分別一般老手與頂尖玩家的儀式。
「好懷念喔。我現在還會不時想起『那件事』。」
「很高興聽您這麼說。玩家願意回顧作品，是我們最大的鼓勵。」
「我就趁這個機會問一下好了，『那件事』到底是怎樣？難道是官方故意整玩家嗎？」

「怎麼會呢。能培養出遊戲明星，對我們來說是非常可喜的事。提高玩家存活率都來不及了，怎麼會讓玩家更容易死呢。」

「真的嗎……」

白士沒有嘴，卻仍做出嘆氣的動作。

「算了，不用替她擔心。她不是會停在區區三十次的料。」

「喔？請問這是怎麼說？」

「你覺得呢？」

「您有傳授給她跨過『三十之牆』的訣竅之類的？」

「答錯了。『那件事』就跟詛咒差不多，而詛咒這東西是不會有固定攻略法的。」

「那就是您那位徒弟有特殊長才了吧。與您相同，或更厲害的。」

「也不是。她的資質頂多中上，和墨家差不多吧。」

「難道她深藏不露，其實私底下做了很多努力？」

「才不會呢。你可以問問看她的專員，根本是世界第一邋遢的女人。」

「肉體跟您一樣受過改造嗎？」

「我不會透露『這個』的事，也不打算說出去。」

「……所以是為什麼？」

白士的頭部有一部分扭曲起來。

笑了。

她戲謔地說：

「因為她是幽靈啊。詛咒對幽靈沒用。」

（5／7）

時間回到現在。

（6／7）

幽鬼作了番思考。

為了倖存九十九次，自己非做些什麼不可？

於是她將想得到的全都做了。首先打掃房間，清除垃圾；買來筆記本和筆，將過去的遊戲全部回顧一遍；還買了大量衣架，以將所有衣服都收進衣櫃裡；將飲食習慣檢討過一次，對於缺乏運動的生活習慣，也決定在未來日子裡逐步改善。

然後是最後一件事。

「……怎麼會這麼害羞，在遊戲裡完全不會啊……」

幽鬼摸摸自己發燙的臉頰。

啟動自拍模式的手機螢幕，映出了幽鬼尷尬的臉。原因在於頸部以下，如今包裹她身體的，不是室內運動服，也不是外出運動服。

是俏麗的水手服。

網購買來的娛樂性質制服。幽鬼沒必要穿制服，不過她不懂穿搭，姑且就這樣穿了，而這選擇使她後悔不已。她年齡相當於高中生，不算是角色扮演。可不知為何就是覺得很害羞。

然而，出發時間就快到了。

沒時間準備其他衣服。

而且，她不能選擇不去。為達成九十九場紀錄，「知識」是絕對必要。她連咔嚓咔嚓山是什麼故事都不知道，也不會計算九十九次生還機率有多低，沒有成為一流玩家的道理。

於是幽鬼穿上同樣網購來的學生皮鞋，出門去了。

天空一片紅，是傍晚。一般學校在這時段早已放學，不過幽鬼讀的是夜校，沒有問題。

剛才看了一下手機，時間不太充裕，於是幽鬼跑了起來。裙襬搖搖的幽靈女，引來不少行人的注意，可是幽鬼一點也不害羞。她覺得自己的腳步比昨天更有力了，再怎麼跑也不覺得累。一定是在自己的路上奔跑的緣故。根植於幽鬼中樞的「目的」，使她全身上下充滿力量。

接下來，她要以玩家身分過活。

靠死亡遊戲混飯吃。

（7／7）

解說

二語十

偶有小說會用「挑人的作品、評價兩極」等詞語作宣傳。我想，如此不走流行路線的作品，往往扮演著拓寬類別市場的角色，有其意義。若又像本作這樣帶著新人賞出身作品的光環，應該會更為理想。因為走流行路線的小說，已經有能力與知名度都高的作家在寫了，品質還很高。

但同時我也自問，「挑人的作品、評價兩極」等詞語，會不會已經成了將品質不高合理化，忽視大眾評判的擋箭牌。因為會挑人，所以不受大眾歡迎也是沒辦法的事。就算十個讀者有九個無感，能打動一個人的心就夠了等。

以一個對社會推出休閒作品，負責娛樂大眾的人來說，這種言詞或態度是否略嫌有違商道呢。只要能讓一個需要本作的人看見就好……不能是這樣吧。既然要寫娛樂小說，就得盡可能努力去娛樂更多人才對。

基於這點，在新人賞審查會上意見大為分歧的這篇作品，究竟在出版前修成了怎樣的作品呢？至少我認為，作者沒有打著評價兩極的招牌而犧牲品質。從開頭到最後一個字，都充滿了盡可能娛樂讀者的意欲。

例如死亡遊戲類型作品裡常見過剩的血腥描寫，在本作卻不太依靠那種花招。反而將震撼性場面交給讀者想像，或是利用「防腐處理」這獨特的設定，避免不必要的激烈描寫，抑制讀者生理上的不適。

參加死亡遊戲的少女們會穿上女僕裝、兔女郎裝等的設定，也是意識到畫面的編排。另外諸如不讓讀者厭煩的步調，適時接換視角，考慮到編列成書時的時序寫法，都是為了加強作品品質而做的努力。該突出就突出，而且劇情、世界觀、鋪陳、文字表現上都不予妥協。

那麼到頭來，大眾究竟會給本作怎樣的評價呢。我想同樣是評價兩極吧。造成評價分歧的原因多半只有一個，那就是角色。能否接受幽鬼這個主角。很期待捧起過本作的讀者透過社群網站等平台進行各種富有雅量的議論。

解說

竹町

「看了篇誇張的東西啊。」這是我實際的感想。

所謂的死亡遊戲，過去已經有過很多。電影有《異次元殺陣》，小說有《大逃殺》、《深紅色的迷宮》、《算計》，近年影劇也有蔚為話題的《魷魚遊戲》。有過這麼多，必然會導出「容易廣受大眾接受」的公式，受大量死亡遊戲作品沿用。例如「隨興參加或某天被捲入死亡遊戲，一名慌亂的參加者死亡，恐慌擴大──」

一開始我也是抱著這種想像來看，然後驚訝、錯愕。

本作是悉數忽視那些死亡遊戲經典要素的怪作。

首先，主角參加遊戲並沒有迫切理由，沒有「為了錢」「想找回正常生活」等簡單明瞭，容易起共鳴的動機。前期也沒有恐慌要素，主角在不知所措的參加者之中不僅顯得冷靜，還好心地替她們解說起遊戲須知。

在最終評審上評價極端這點，我十分能夠理解。慢著慢著，先別急，光是前半就亂七八糟了。如果要把這個題材寫活，是不是應該這樣改比較好？

「醒來時○○發現自己躺在陌生洋房的餐廳裡，周圍還有同樣遭遇的五名少女，所有人都因『不曾接觸過這種遊戲』而六神無主。混亂之中，少女們互相合作，以逃出洋房為目標，卻受到充滿惡意的陷阱阻攔。儘管死了一半，最後還是撐到了終點前。但○○卻在這時背叛同伴，自己逃生了。其實她是遊戲經驗者，只是為了生存而裝新手罷了。」

——寫到這裡我才驚覺，我的改法其實無聊得多了。

沒錯，雖然這部作品的確是脫離常軌，但是把這點改掉以後，頓時就失去了魅力（或許單純是我不會改而已）。

至少我無法理解主角的心情，不過這種無法理解——進不了我思考框架的事，其實非常有魅力。這麼一來，該怎麼去看就很簡單了，盡情享受這份不按牌理出牌就行了。「想去理解」本身就是種錯誤。

而它的不按牌理出牌更在後半加速，出現了無視遊戲規則，不分敵我的殺人狂，甚至是藉神祕技術復活的師父。「到底是什麼跟什麼啊！」

比起「盛讚」，這感想更接近「盛怒」，但就是要這樣才有趣。新人賞想要的不會是照本宣科，討好評審的作品，而是突破框架超脫常識的力量。脫序到有人會皺眉，有人會一頁一頁翻個不停的個性，能讓讀者產生獨一無二讀後感的力量。這部作品，具有這樣的力量。

後記

……請容我解釋一下……

大家好，我是鵜飼有志。很榮幸能接在兩位前輩之後寫後記，未逮之處，請多包涵。

首先呢，得先向迢迢讀到這裡的讀者道謝。讀完一本書，在這年頭不是件容易的事。如今時間這東西，比人類史上任何一個時期都還要珍貴，比小說便捷的娛樂又多得是，各位卻願意將時間花費在本書上，我除了感謝還是感謝。真的非常感謝各位。

我想，各位讀完本書以後……恐怕每個人都有同樣的感想。那也是我從獲獎到今天，甚至僅僅在二～四頁之前，被人用各種方式提出的問題。

這到底是什麼東西。

這種東西也算是一篇故事嗎？

這傢伙究竟在想什麼，才會寫出這麼詭怪的東西。

……再重複一次，請容我解釋一下。

時間回到二〇二一年，我真的變成了一灘爛泥。或許是因為投稿生活盼不到開花結果之日，自知欠缺社會能力而辭掉打工，近來新聞上又充斥著各種打擊人心的消息，也可能只是氣壓低而已。

在拮据的生活中，看著存款愈來愈少（都辭掉打工了，這也是當然的），思考生死的時間卻愈來愈多。最後，我得到了幾個信念。人都是緩慢走向死亡，無可奈何，最後手上剩下的只有選擇如何死亡的權利。決定如何死，等於決定如何生。

這當然會反映在我的作品上。我記得很清楚，從某一次開始，這想法在我的投稿裡展露了些許雜亂的皮毛。這顏色隨時間逐漸深濃，直到我也無法控制的地步，最後與最適合它的類別結合了。

如此誕生的，即是本作。

簡單來說，這是得不到好結果，心情想撒野而寫出的撒野之作。在得獎感言上說自己真的沒想到會得獎，完全是真心話。這麼畸形的故事居然會結出果實，這世上真的是什麼事都有可能發生呢。

但話說回來——我想這故事也不是那麼荒誕無稽。那樣的事情，那樣的人物，或許就發生在這世上某個角落。

接下來是致謝。

首先要把最大的感謝獻給O編輯與ねこめたる老師。我必須坦誠，幽鬼能是現在的幽鬼，全得歸功於他們的指導。我鵜飼是像「捕獲外星人圖」那樣，兩隻手被他們牽著，《死亡遊戲》才得以成立。實在非常感謝二位。

然後要感謝的是為我解說的二語十老師、竹町老師。要對這樣的作品下評語，想必是一件很頭痛的事……對此，我要對二位說「對不起」，以及兩倍大的「感謝」。

再來是感謝MF文庫J編輯部，以及各位評審老師。現在能這樣人模人樣地說話，全都是拜各位所賜，在此向各位鄭重道謝。同時校潤、美術設計、印刷、營銷，以及一再強調的各位讀者，視線所及之處，都是我揮灑感謝的對象。若不嫌棄，還請不吝收下。

……還有件事。

或許各位已經知道了，本作有官方推特帳號。旁邊正好附有QR CODE，麻煩跟個推。一定會有好事降臨在你身上的。

那麼……如果有緣，我們《死亡遊戲》第二集再見。

官方推特
點這邊↓

「在這個遊戲裡，好感度很重要。」

「我是來教妳做人的。要是妳就這樣死了，我會消化不良。
必須趁現在讓妳明白誰高誰低才行。」

「我把那邊的隊伍
全部幹掉了！
這樣就多五枚了！」

「CANDLE WOODS」之後過了三個月，
我又回去當玩家了。
這場遊戲叫做「SCRAP BUILDING」
要從岌岌可危的廢棄大樓逃出去。
即使高傲的大小姐玩家御城
搞得我很煩，
我也要完成這場遊戲。
——後來時光飛逝，
我也接近三十次了。

對方告訴我，
要是御城有個萬一，
我可以卯起來幹。

「不好意思，我睡得比較久。
每次都是晚一步參戰。」

「誰要死在這裡啊！」

「太難看了吧！這也算是
『CANDLE WOODS』的倖存者嗎！」
「本小姐！參加了四十次！
可不是為了和這種女人重逢的！」

「三十之牆」。
接近三十次的玩家
容易遭遇不幸，
是這業界的「魔咒」。
也許是真有影響，
或者是太在意這件事，
我的狀況不太好。
這時一道陰影，
還逐漸接近這樣的我——

「我也搞不懂。穿上制服當個好孩子，
或是用詞女性化一點，都不是做不到或是會覺得痛苦的事……
但我不知道為什麼就是做不好。割斷別人的喉嚨還簡單多了。」

「我這場應該是第四次沒錯。角色……
該怎麼說呢，梧鼠技窮吧。
什麼都會，可是什麼都不優秀的感覺。
以後請多指教。」
「我這場是第六次。
擅長的事是——
可以很快看出誰會贏。請多指教。」

「……我很想
早點被
淘汰掉……」

「踩下去的感覺不一樣！
這、這裡……
有埋真的『地雷』！」

「我要破壞這個遊戲，
希望妳們可以幫我。」
有時探索廢棄大樓，
有時在浴場爭奪卡牌。
這樣走來的我，今天——
仍然靠死亡遊戲混飯吃。

「——按照慣例，我來擔任隊長。
有誰有意見的嗎？」
「開什麼玩笑啊妳！」

靠死亡遊戲混飯吃。

©Lamanoidon, Natasha 2023 / KADOKAWA CORPORATION

妹妹進入女騎士學園就讀，
不知為何成為救國英雄的人竟是我。 1~2 待續

Kadokawa Fantastic Novels

作者：ラマンおいどん　插畫：なたーしゃ

化身救國英雄的最強哥哥成為貴族，
為了解放自己的領地就此踏上征途！

在我和妹妹的齊心協力之下，於千鈞一髮之際成為拯救女王的英雄。然而獎賞的領地遭敵方占領，只得前往解救城鎮——然而除了女騎士樸小姐、當上女王的橙子小姐之外，還多了稱呼我為主人的女僕。身旁的人愈來愈多，貴族人生就此拉開序幕！

各NT$240~260/HK$80~87

©Yuiko Agarizaki 2022 Illustration：Aoaso / KADOKAWA CORPORATION

龍姬布倫希爾德

Kadokawa Fantastic Novels

作者：東崎惟子　插畫：あおあそ

布倫希爾德物語第二部揭幕！
人們時而輕蔑時而畏懼，並稱她為「龍姬」。

小國諾威爾蘭特遭受邪龍的威脅，因此與神龍締結契約，在其庇護之下繁榮。名為布倫希爾德的少女誕生在國內唯一理解龍之語言的「龍巫女」家族，與母親及祖母同樣侍奉著神龍。其職責是清掃龍的神殿、聆聽龍的言語，並獻上貢品表達感謝——每月七人。

NT$240/HK$73

©Rocket Shokai 2021 / KADOKAWA CORPORATION

判處勇者刑 懲罰勇者9004隊刑務紀錄 1 待續

Kadokawa Fantastic Novels

作者：ロケット商會　插畫：めふぃすと

罪大惡極的最強勇者將粉碎絕望!!
熾烈的黑暗奇幻揭開序幕——

所謂勇者刑是極為重大的刑罰。犯下大罪而遭判勇者刑的犯人將會被處以成為勇者的刑罰。這群人的隊長，自身同時也因為「弒殺女神」之罪而遭判勇者刑的前聖騎士團長賽羅，在戰鬥中遇見至今為止存在受到隱藏的「劍之女神」泰奧莉塔——

NT$280/HK$93

©Harajun, fixro2n 2023 / KADOKAWA CORPORATION

黃金經驗值 1 待續

Kadokawa Fantastic Novels

作者：原純　插畫：fixro2n

降臨即蹂躪。
最強軍團誕生將令人類滅亡？

蕾亞專注培養精神力狀態，結果得到隱藏技能「使役」，能夠將自身眷屬角色獲得的經驗值全部集中到自己身上。她連副本頭目等級的怪物都能以精神魔法屈服，陸續增加手下眷屬，最終打造自己專屬的最強軍團，被判定為這個世界的「特定災害生物」……？

NT$280/HK$93

©Riku Nanano, cura 2022 / KADOKAWA CORPORATION

雙星的天劍士 1 待續

Kadokawa Fantastic Novels

作者：七野りく　插畫：cura

轉生英雄與美少女們藉著武術在戰亂時代
闖蕩天下的古風奇幻故事，正式揭開序幕！

我——隻影是千年前未嘗敗績的英雄轉世，曾在年幼瀕死時受張家的千金——白玲所救。後來被張家收養，而我跟白玲總是一同磨練武藝，情同兄妹。然而身處亂世，我國也陷入與異族之間的戰亂當中，我運用前世留下的武藝，和白玲一同在戰場上大殺四方！

NT$260/HK$87

©Matsuri Isora, Nanna Fujimi 2022 / KADOKAWA CORPORATION

Silent Witch 1~4-after- 待續

Kadokawa Fantastic Novels

作者：依空まつり　插畫：藤実なんな

校園發生了幾起不可思議的難解事件!?
名偵探莫妮卡與黑貓尼洛將破解謎團！

寒假前的校園發生各種不可思議的難解事件!?被當成偷吃嫌犯逮住的古蓮、在校內迷路的小女孩、來路不明火球——以及被捲入詭異魔咒的第二王子……名偵探莫妮卡與沉迷偵探小說的黑貓尼洛將逐一解析各起事件謎團！極祕任務番外篇開演！

各 **NT$220~280/HK$73~93**

國家圖書館出版品預行編目資料

靠死亡遊戲混飯吃。/鵜飼有志作；吳松諺譯. -- 初版. -- 臺北市：臺灣角川股份有限公司, 2024.01- 冊；　公分. -- (Kadokawa fantastic novels) 譯自：死亡遊戲で飯を食う。 ISBN 978-626-378-392-8(第1冊：平裝) 861.57　　　　　　　　　　112019370

Kadokawa
Fantastic
Novels

靠死亡遊戲混飯吃。 1

（原著名：死亡遊戲で飯を食う。）

2024年2月1日 初版第1刷發行
2024年8月8日 初版第3刷發行

作者：鵜飼有志
插畫：ねこめたる
譯者：吳松諺

發行人：台灣角川股份有限公司
總監：呂慧君
總編輯：蔡佩芬
主編：林秀儒
編輯：黎夢萍
設計指導：陳晞叡
美術設計：周欣妮
印務：李明修（主任）、張加恩（主任）、張凱棋、潘尚琪

發行所：台灣角川股份有限公司
地址：104台北市中山區松江路223號3樓
電話：（02）2515-3000
傳真：（02）2515-0033
網址：www.kadokawa.com.tw
劃撥帳戶：台灣角川股份有限公司
劃撥帳號：19487412
法律顧問：有澤法律事務所
製版：尚騰印刷事業有限公司
ISBN：978-626-378-392-8

※版權所有，未經許可，不許轉載。
※本書如有破損、裝訂錯誤，請持購買憑證回原購買處或連同憑證寄回出版社更換。

SHIBOYUGI DE MESHI O KUU. Vol.1
©Yushi Ukai 2022
First published in Japan in 2022 by KADOKAWA CORPORATION, Tokyo.
Complex Chinese translation rights arranged with KADOKAWA CORPORATION, Tokyo.